街角のスケッチ

——橋本きよ子作品集

冬の日

本の泉社

目　次

詩

エッセイ

短編

詩

Poems

「蘭」（2011）

ドライ・アイは　目の砂漠

はるか山を仰ぎ見
しあわせを夢見たときは
もう遠い

深いまなざしの影の
心推しはかりかねて
涙一滴
昔のはなし

目を　じっと凝らし
世の中を　みる

哀しみと悪のきわみ
みちみちて
怒りの嵐　吹き荒れる
しかし　雨は来ない

今はもう
悲しきことども　つぎつぎと
取りいだし
呪文をとなう

雨乞いの声　とどろくに
かなたの雲も呼べず
ひたすらに　風が流れる

（1994・9・27）

雪の日

私は　こゝのところ
何でも叶う、の
ルンルン気分。

きょうは雪、白い世界が
身を引き締め、
りんとした気分だ。

その上、土曜日ときている、
もしかしたら　笑えるかもしれない。

リュックに帽子、手袋に長靴、

完全武装の　いで立ちで　出かけた。

突然、若い人から
席を譲られた。

「あらっ！」軽く
若やいだ声で　驚きつゝ
坐ってしまう。
〝疲れていたのかな〟

いや、心の奥深くで
坐りたいと思っていたのを
見すかされて　しもうたんか。

目をつむり、せっかくの
好意を　充分に堪能し

休養する。

時折、うすめを開けて
どんな人だったのかしら、
降りるときは
艶っぽく、感謝のことばを
述べようと思ったりして。

雪降りしきる
朝の車中。

（1996・1）

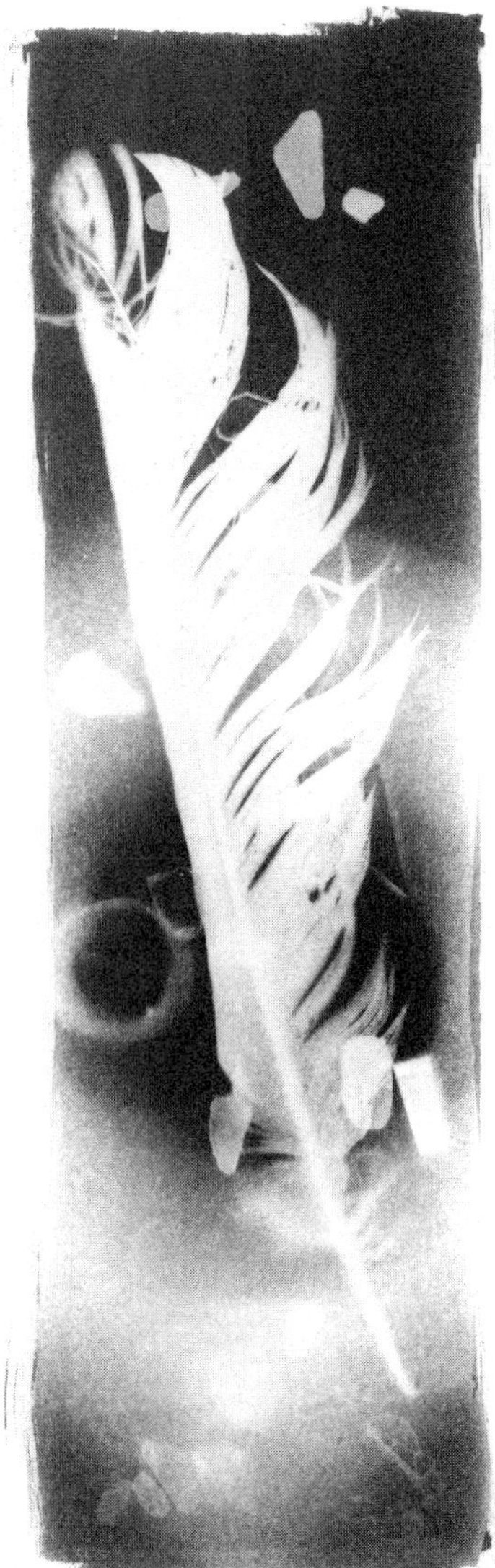

「カラスの落としもの」(2010)

受信

ある夏の夜のことでした。
それはそれは　かすかな　しゃかしゃかという音がしました。
耳を済ますと、通りをへだてた、空き地の
向うの家の方から　聞こえて来ます。
でも、何なのか　わかりません。

通りに面した、踊り場のところで
聞えてくるのを　しばらく待ちました。
こんどは、しっかり小さな泣き声
赤ん坊の泣き声です。
時折止んで、つづいてまた、
かわいい発信音が、

風に乗ってかすかに流れて来ます。
この間うちは、あの声は、この闇の中には
なかった。
〝すると、きょう病院から
帰って来たってわけだ〟
赤ちゃんの誕生。
人間界への登場。私の少し遠くなった耳が
キャッチした、初々しい入会のあいさつ
〝女の子
　それとも　男の子〟
見上げる空に　十六月（いざよいのつき）

二日めは　少し大きく、
リズムも出て、
三日、四日と、更に大きく、

そして、七日めは、賑やかな大人の声が
入りまじっておりました。

そのまま忘れて、一年が経ちました。
宵の口のことです。
はっきりとした女の子の声が
何かを呼んでいます。
〝あの子だ〟
インプットされた情報が、突然つながりました、
してみると　女の子。

それから　きっかり、一週間の声のいろいろ。
甘えたり、すねたり、おこったり。
〝お顔をみとうございます〟
月のない夜、
そっと、わきの道を

ゆっくり歩いてみたりしました。

また、一年が経ちました。
暑い暑い夜、
明け放った窓から、こんどは　はっきり
「いや、いや――」と、主張のあることば。
魅力あふれています。

来る夏ごとに、母上とともに、南欧風の家に
やってくるあなた。
〝未だ見ぬ方にあこがれ　いでて〟
私は、年を重ねます。
空き地に立つ、エンジュの黒いシルエット、
あなたも　元気で。

（1994・8）

のぞき穴から何を見よう

知ってますか。
工事現場には、好奇心の旺盛な人向けに、
塀のところどころが　空いていることを。

「今、何をしてるんだろうか」とか
知りたい人は、この穴に片目をつけてみるんです。
「どうやってんだろうか」とか
といっても、特に何かがわかるわけでなし、
みたい、みたいの心に殉じてくれているだけのこと。
ところで昨今は、
犬を連れた散歩人が増えて来たので、
〝一ちょう、犬にも　見せてやろうか〟というわけで、

犬の目線のところにも　穴一つ。
犬を連れた情報通の奥さんが
「ほうら　みてごらん。ここまで　できたのよ」とか言いながら
ワン君を　穴に近づけてやっているのであります。
自由人猫は、小さなすき間から
出入り御免。
〝フーン、未だ、当分かかりそうだ〟
と、勝手に思っているのです。

もしかすると、二人とも
見えないものを　見ているのかもしれない。

私は　さて
何を見ようか。

（1996・1）

月の　めぐり

私は　あがったのよ、
いつのまにか。
何のことか　わかる?

気分にムラがなくなり、
からだをおおう　静かな落ち着き。

何でもやれてしまう、
次々と　こなせる。

あの月ごとの　高揚感と喪失感。
そのあいだの　ふつうの日々。

月のめぐりが　すべての　ものさし、
であった。――そして　遂に

平板な日々。
男って、こんな風に　ずっーと
過ごしていたんだ。何でもやれるわけ
何と　のっぺらとした　日々の連続。
間合《まあ》いのない生活。

女のからだのリズム、豊かさの源泉。
男たちには〝遠いあこがれ〟かしらね。

しかし、不景気風が、女のわきを
いの一番に　吹き抜けた。

平板な男の感覚が、
遠く　ひびき合う、女のリズムを
駆逐した。

整えられた大地に、
省力化と効率の旗印が　翻る。

「あがった」私は　リズムの余韻を
楽しみながら、
何でもやれそうな気分の中で
荒蕪地に　苗を植えよう。
枯れ草の中で　芽を伸ばし、繁り、
実を落とせ。

現役の女たちよ。
からだいっぱいに

大地の生気を吸い
夜の月の　満ち欠けに
身を預け……

しこうして
男の論理に　からめとられるな。

（1996・1・1）

「花園衝羽空木」
（はなぞのつくばねうつぎ）
2009

自分のいる場所

長いご無沙汰のあとに
卒業生から　賀状が届いた。
ようやっと〝自分のいる場所〟を
みつけました、とあった。

どんな場所なのかは、問うまい、よ。
「私」がみつけた場所は「私」のもの
他人《ひと》の目にはどう映ろうとも
「私」がみつけたのだから、ね。

よかったね、と、返事を出す、が
さて、私は、自分の場所がある、のかい。

思わず、まわりを見まわす、と
ねびまされる娘らは、へやを出て
居間にまで進出している、んよ。
通り抜ける私は
ひっそりと、音も立てずに消える、という図。
夫は、そばに寄ると
目をまばたいて、うっとうしがる。

小さな身体で
小さな息をしているだけなのに……。
どうも、大きな存在なの、かもね。
いいや「私」に属する　様々なものを
たくさん抱えているのは　誰、なの。

うすい空気が　充ちあふれている。

わずかの　空間に　手を広げ、
足は　地につけず、
浮揚しつゝ　考える。
どんなところでも　生きる、と。

でなかったら、あのラッシュの電車の中は
一体、何なのだ。
全く知らない人同士が、親しい家族よりも
密着《スキンシップ》し、息を交換し合っている。
揺れの中で、手は　虚空をつかもうとし、
時折は、ひじをはり　身構える。

これは〝つなぎ〟だ。
ほんとうの、楽しい、生き生きとした、
生と生との間の。
いや、生を支えるための　必須条件だ。

かくの如くして
〝自分のいる場所〟は
なかなか　確保できない、というわけ。

だから　立木君。
君のいる場所に
種を　まこうよ。

「ハカラメ」（セイロンベンケイソウ、2012）

木霊

干上がった湖をみた。
昔の道、家屋敷の跡。
そのわきに立つ、
一本の　大きな木が
私の目を　射た。

満々と水をたたえた、
湖の写真を　とり出す。

青黒い水の中に
あたまだけみせた、
草のような木。

あれが　あなたでしたか。

かつての　人々の生活のあとが
今、あらわにされている。
八月の強い陽差しの中で
大地は　ひび割れ、
とまどいの　礎石に
とんぼが　羽を休めている。

生きていた一本の木よ。
束の間の逢瀬。

車が止まり、橋の上から
写真をとる人々。
ダムは　水を得て

観光地となっていた。
今は　又、何を求めて
群がる。

耕運機が止まり、
降り立つ二人連れ。
昔の村の出現に
人を　かきわけ、
前へ出る。

間もなく、九月の雨が
この谷間《たにあい》にも　やって来た。
それぞれの　眼裏《まなうら》に
水底の世界が　宿る。

冬近い湖、
色とりどりに
紅く染め上げられた木の葉が
影を　落としていた。

あの、独り立つ
大きな木の　すがたは
なかった。

風が運ぶ、様々な思い、
「私は　おいてきぼりだった」
「どこに　私の木霊を　おきましょうか」

（1996・4・29）

聖母子

遅い勤め帰りの　地下鉄の車内、
こんなに大勢の人が
今まで一体、何をしていたのやら。
私にしてからが、長すぎる一日のアホさ。

坐れた人は　野放図に眠りこけ、
立ったまゝの人は　うろんな眼で
中吊り広告の方を　見上げている。

私は　ドアの　わきに立つ。
とある駅に　止った。
私は　目をこすって

一点を凝視した。

ベンチの　女の人の胸が
白い花のように　動いた。
横抱きの　赤ん坊が
乳を飲み始めた。
一瞬の時の流れ。
母と子は　誰もいないかのように
静かに　そこに在った。

ドアはしまり、発車する。
遠くなっていく　母と子。
そこだけ　小さな　輝きが
点となって　残った。

（1996・3）

偽家族《ギボファミリー》

その日、どうしたわけか
満員の　車内に
ヘンなすき間が　できた。

そのすき間を　取り囲むように
幾人かの人が立っていた。

そこに　誰かが　いるかのように
人々は　足を　ふみ出さなかった。

激しいラッシュの波を　背に受けながら、
取り囲んだ人は　お互いに顔を見合った。

ちょうど、五人。家族のようだ。
不思議な　空気が流れ、
ほんの一瞬、
儀家族は　時空を超えた。

（1996・3）

「輪舞（ロンド）」（シシウド　2012）

母のことを〈母へ〉

母が亡くなって、早や　七か月です。
折に触れて、思い出されて　弱っています。

私は今でも、母の好きな記事を
思わず切り抜いてしまったり、
しています。
おもしろい話を仕入れたときなど、
一緒に笑いたかった。

母の何げないことばが、
意外と深い意味を持っていたりして……
私が、軽くあしらったときの、

母の哀しげで、しかし、断固として自信にみちた態度。
あれは、今にわかる、というのだったんだね。
あゝ、今、わかりました。わかりました。

捨て置いたプランタンの中に、
年の暮近く、小さな芽が出て来て
驚いてしまいました。
天国から　植えに戻って来たのかと
思って。
植物が　自然をたがえずに知っていて
存在のあかしを　みせたのですね。
そのことを知っていた、母さん。
知らなかった私。

あちこちの固い土を破って、
そこゝに春の先ぶれ

水仙だろうか。何の芽？
どうしよう。

未だ、これからも、
こんな風に思いがけず
母のプレゼントが到来する、
としたら……
待っていましょう。

（1996・1）

「トラディスカンティア」

太陽

秀吉は「太陽の子」だそうな。
テレビの　大河ドラマが、
盛んに　言い立てている。

〝元始女性は太陽であった〟
「太陽」というキィワードをたゝく。

雷鳥《らいてう》と秀吉が並ぶ。
小さな　しかし　エネルギーに
充ちあふれた〝野望の名手〟に
知的で上品な、細面の顔が

オーバーラップする。

何だか　不思議な　クロスオーバー

今は　月に青白く照らされ、
かつての　熱のおおもとを
ただ　ひたすらに
渇望している　美しい人。
女たちへの　熱いメッセージ。

太陽に焼き尽くされ、
醜怪な老爺となった、天下人の一生。

太陽は　見ていた。かつては
間違ったことをすると、
お天道様に

叱られます
と、言われていた。

今は
間違ったことばかり。
叱られもせずに　大手を振るって
天下の王道を歩いている。
太陽は、ひとりで輝く自発の象徴であった。

力のなくなった太陽よ。
天動説になって　おしまい。
向うの山かげに　消えて行け。

（1996・3）

愛されているのは……

あの曲り角で　今朝も
犬を連れた奥さんに　出会った。
向うの道の端に　犬と二人連れの影が
動かないで　静かに山をみている。

遠くみつめて立つ　私のわきを
犬とじゃれ合う女の子が　駆け去った。

夕方「みこちゃーん、みこちゃーん」と
呼ぶ、裏の奥さんの　若やいだ声。
「どこに行ったのかしら」　ひとりごとも　まじって
それから　声は　遠くに消えた。

交差点で止った、車の中から
角のペットショップが見える。
リボンをつけ　しなだれた小さな犬。
長い髪の白衣の人が
ふさふさの髪の主に
何か語りかけながら
くしけずっている。

Ａ　犬や猫が　こんなに大勢、みんな　愛してるの。
Ｂ　そうです。
Ａ　そうかしら。
Ｂ　愛に　応えてくれますもの、それぞれに。
人の子は　何かと　文句をつけ
反抗し、疲れさせるだけです。
第一、裏切らないもの。

Ａ　だから、いいってわけ。
犬や猫の心に　寄りそわず
勝手に　決めてるだけでしょう。
Ｂ　でもね、猫や犬が　行方不明のときは
〝ペット探偵〟を要請。
懸命の捜索活動が始まるのよ。
「愛」を全うさせています。

私は、昔の友だちのことを思い出す。
どこに
どうして、いるのだろう。
わずかの記憶を手がかりに
日本の土を踏む　中国残留孤児。
探せない、探してくれない人たち。
何だか　哀しくなる。

電車の中、知り合いの人に向かって
手ぶりをまじえ、
〝かわいい〟を連発しつつ
しゃべりまくる　中年の女性。
甲高い声が、名を語る、
アレン。私の耳は　とらえた。
「お孫さん」ではなかった！
「犬君」だった。

愛されている、犬や猫
愛されていない、子どもたち
愛されていなーい老人たち
いろんな顔が　浮かんでは消える。

（1996・3）

地霊に

一つの土地につながる
いくつもの　イメージ。
「時の流れ」の中で
重なり合った、
意味の集積。

脈絡のないまゝ、雑然と
投げ出されたできごと群。
あるいは、累が累を呼ぶように
もつれ合う関係性。

こゝにあったことは
ここでしかなかった　ことなのか。
その上に紗の膜をかけて
また、始まるいくつかのこと。

誰が　ここを仕切っているのか。
誰が　この流れをみているのか。

偶然ではない、何かが
動いている。　どこかで
働いている。

ごらん、この先にも続く
たくさんのおもいを。

こゝには、みたされぬまゝに

漂っているもの、
時代を超え、関係を絶ち
ただそのものとして在るもの、
ひしめきあって、着地できる場を
探している。

今、忘れないことが
霊へのオマージュ。

（1998・6・29）

「小さな赤い珠の連なり」（ユミカンゾウ　2012）

境界突破

ある日　猪が一匹
学校へ　迷いこんだ。
学校は　休みであった。

長い一本道を　すすみ
ある部屋に　入った。
壁に　貼られた絵が
風に　あおられていた。
ゆっくりと　見ていたら
「誰かがいるわ」「どこに」、
いろいろな声が　まじりあって
近づいて来る。

知らずに　まぎれこんだのに
「出ていけ」「来ては　だめ」と
居丈高な声。
匂いのする方に
向かってすすむ。
そこで　行き止まり。
すんでのところで
つかまりそう、
身を引いて　ぶつかりながら
外へ　出た。

追いかけてくる　気配はない。
森の中へと　一目散。
木の影から　そっと見る。

ただ　知らないところに
行ってみたかっただけなのだよ。

こゝから先は　越えては
いけないと　言われていたけどね。

誰が「駄目」と　決めたのだ。
境界、結界だっていうのかい。

きょうは　こゝで　退散。
もうすぐ　雨がくるぞ。
やけに　しめっぽい。
あそこに
黒猪《くろっちょ》が　でている。
迎えに　来たのか。

森の奥、木々の間に
うす紫の　山藤が
揺れている。

（1999）

「この木何の木」（ケヤキ）

あなたへ

あなたは　愛されている
そのままで。
一人の存在として　ねうちがある。

あなたは　この世におくり出された
大切な　いのち。
よその人も　同じ　いのち。

あなたがいることが　うれしい。
好きなように　自分の道を
探してみよう。
なかなか　みつからなくても

いつかみつかる。
みつけることは　おもしろい。
一人の道は　一人で　みつける。
他人とは違う。
だから　おもしろい。
誰も　何にも　言ってくれなくても
いいのだ。
自分の発見したもの
自分の出会ったこと
感じたこと――全部　自分のもの。
内緒の箱にしまおう。
ひみつにしたからって　叱られはしない。
何ども　採り出し
眺めてみよう。

時々、風にあてて　やろう。

誰かの箱と　ごっつんこ。
それも　いいね。
自分を　大切にしよう。
何しろ　不思議な箱の　持ち主だもの。
好きなこと　したいことは
何。
未だ、きめてなかったとしても
急がなくていい。
風が　ここちよい。
車のいないところへ　行って
よそみしながら　歩いてみよう。
ラップでも　うたいながら。
聞いているのは　ただ一人。
空だ。

（２００３・５・３）

微睡《まどろみ》

車の揺れるたびに
ねむりこけたるままに
すり寄ってくる。

一停留所ごとに
うすめをあけて
肩は隣りの人を探す。

疲れはて、うすよごれて
帽子を真深に被った、
男〝お父さん〟あなた

隣りに坐れる　やさしき人よ。
触れあう肩を　そのままで
いてください。

うすめのなかに　まどろんで
みえる　夜の街々の姿。
そこに　み知らぬ人に支えられた
ひとときの美しい深い夢が
ともに分かてるように

美しい不思議な融和を
力の均衡を
心なく遠ざけて　しまわないように
肩は　そのままに
静かに　いきをしていてください。

「鉄橋の上から」(2002)

スクランブル交差点

時は　春

さんざめく声に　まじって
小さく断続的に、人工音
耳に　何やらあてる　ケータイ人

どこからともなく　風に乗って
匂いの　カクテル
鼻をおさえる　花粉症

くまどりの目を　一瞬、細めて
口から　一筋の
白いけむり

私は　カラス
スクランブル交差点の上を
十字に飛ぶ、高く低く。

鳴き声　ひとこえ
天空を　黒くよぎる影に
気付くものはいない。

「里の山から　私を誘ったのは
誰？」

平成の金次郎は
リュックを背に
信号待ちで
マンガを読む。

あれから十年余。
今は、ノートパソコン入りの　バッグを手に
営業青年が
横断歩道を　わたって行く。

カラスよ。
このごろは
こちらに　出向いて来ませんね。

（２００２）

父の事故

その日が近づくと　胸がいたくなる。
あのことが、起こってから
四十年にも
なろうというのに、
まるで、植物の営みのように
哀しみが芽をふくのだ。

光の春がちかづき
暦の流れとは別に
あのときが　よみがえる。
身体という個体の中に刻みこまれた、

重い記憶。

事故のあと、
言葉を失った父との
手さぐりの　伝えあい。
幾年かが過ぎた。
起きた事実の記憶は　遠のき、
反すうされる中で変化し
骨格だけが遺った。

それでも
肌をさす冷い風の中で
身体をつき抜けてゆく　なにか。

春の細い雨が
癒しの雲から降り注ぐ。

父とともに年を重ね、
耐えた人も　今は　いない。
どうして、あのとき
もっと上手に　やれなかったのか。
（2004・2）

「冬の花火」（ヤツデ　1991）

芽をみる眼

花芽の「はじめ」
知ってるかい？
〝ちいさな点だ。〟

老眼鏡を　とり出し
じっとみつめる。
植物の芯。

老眼鏡は「花眼」
「虫の眼」に　換える。
たしかな一点　こゝに在りだ。

日が経つ。休むことなく
「はじめ」は続き
裸の眼にもそれとわかる。

茎も葉も　花をつつみ
誇りやかに立つ。
そして
待ちのぞむ開花のとき。

それぞれの固有の色が
異界の生きものを誘い
芯がゆれる。

匂い立つ一瞬
「はじめ」は「おわり」となるのだろうか。

静かな時間の流れを受けて
新たな　はじまり。
小さな凝集した　いのちが
ひしめいて出番を待っている。
私の「眼」は　何をみたのだろうか。
（2010）

「一夜匂えり」（月下美人　2005）

やさしい町に　帰って来たのに

三月
春の気配が　かすかに動いた。
樹の芽の　小さなふくらみ
橋の下を流れる　水のよどみにも。

戸を立て切った
小さな町工場の間を抜ける。
なつかしい油の匂いにまじって
みそ汁の　湯気の香り。
時折　よろこびの声が
はじけて　外に流れる。

私たちは　五日前、疎開地から
上野に着いた。
受験のために、六年生は帰って来た。
霜柱の道を駅まで歩いて
(母さんに会える。ほんとうに
試験なんて　あるんだろうか。)
子どもたちの　大切にしまったうれしさが
引率する私の胸に　広がる。

三月十日、明け方。この町を
火の雨が降り注いだ。
宿直室の窓から
Ｂ29が　迫るように低く飛び
黒くおおわれた　まどいの家々に
投げ落とす　黒い筒を見た。
たちまちあがる火柱。

ふわっと泳いで　火は地を這い
校庭を走り抜けた。
講堂の地下室に　駆けこもうと
人々は　からみ合いつなぎ合ってやって来た。
教室の中は　火の玉が飛びかう。
一瞬　火のあおりを受けた私。
耳をつんざく　呼び合う声。

あれは　聞いたことのある声
校庭での、お別れの式のあと
手を振って消えた子らの声が
こだまして　重なり合う。
高波のように　寄せてくる火の流れ
かわし　かいくぐり
プールわきの　木にすがった。
そして…………………。

朝、赤く　まぶしすぎる太陽が
総なめされた町に　のぼって来た。
そこ　こゝには
黒く　まっ黒く　炭化した人型。
生きたまゝ　焼かれた。

木が伝える。
（うれしかった。向うのことを　みんな話して、
明日に続きを　のこしていたのに。うそみたい。）
どんでん返し
不意に空から届いた、この　悪魔の贈物。
（誰からなの？）
死んでしまったら　何も聞けない。
起ることも　哀しがることも　できない。
だから　伝える。

どうしても
どうやっても（年をとっていても）
この理不尽な死を。
十万余の人たち　二時間半の責め苦を。
六十三年の月日が経った。
一人ひとりの　おもいは
くくられずに　今もたしかに
この地に　在る。

人が人を殺す　戦争。
その技　その道具
棄てるのだ。

月が上る。
三月は　誓いの月だ。

（『百草百花』'09所収　2003・3）

今　どこに

目の前を駆け抜けた
黒いモノは
坐っている私の手より
大事な　おにぎりを
奪い去った。

声の出ないまま　立ち上がって
去った方向へ　目を向けると、
そこには
一人の少年が　つっ立っていた。
目は大きく開いて　こちらをみつめ

強い光を放っていた。

口のまわりに　お米の粒
ああ　母さんが調達して
持たせてくれたのに。
泣きたい気持をこらえ
先生に　指さしたところには
もう誰もいない。

戦争が終って　二年が経っていた。
三月、上野での「泰西名画展」を観に来た私は十一歳。
絵の好きな若い先生に連れられて
子どもたちは　荒川を渡りやって来た。

混み合う人々の間をかいくぐり
作品の前に　立つ。

どれも　誰のも　わからない田舎の少女には
人々が　こんなに大勢やって来て
絵を見ていることが驚きだった。
そして　公園の敷石に並んで
坐っての　お昼。

私はわかった。
あの子には　家がないのだ。
親もいないのだ。
三月の空襲は　ここ下町を
果ての果てまで　焼き尽くした。
私と同じ年だったら
どこぞの　疎開地に　一人のこされたか。
あの一年前の　校庭でのお別れの日のこと。
目の前に浮かぶ　いくつもの顔。
息苦しくなった私。

先生は　近づいて来て
自分のおにぎりを　さし出した。

三月の　空は見ていた。
少年は　飛鳥の如くすばやく
風を切り
生きようとする意志を　見せた。
雲が流れる。

そして、六十年余を経た今、時折り
あの少年のことを　思い出す。
鋭い眼ざしが　つきつけるもの
一瞬にして喪った
しあわせの　落穂を探す。
あのとき感じた　私のおもい
記憶の海より

小さな　さざ波となって広がる。
元気だろうか
どこに　暮らしているだろうか
小さく　つぶやいてみる。
人恋いにも似て　会いたいと思う。

あの展覧会で
私の中に定着した
イメージといえば
ただ一つ。
ポール・ゴーギャンであった。
代赭色の大地の中に
女の人が　力強く立っていた。

（『百草百花』'09所収　2008・3）

「アンパンマン」に出会った

ある日の　電車の中のこと
母親の手を　引きながら
坊やが　とびこんで来た。
と、突然
「アンパンマン　アンパンマン
よおっ――」の声が
とどろいた。
ママは　坊やの口を　ふさぐように
引き寄せた。
それでも　彼は　「アンパンマン」と
呼び続ける。
どこからか　やって来ると　思ってか

ぐるりと　見まわす。

車内には　立っている人が　ほんの少し。
その間を　ぬうように
若い女性が　近づいて来た。
手には　紙切れ。
坊やに　手渡した。
そこに「アンパンマン」が
描かれていた。
ママに　見せた。
坊やは　大よろこび。
「ありがとう」の　ことばに
若い女性の　笑顔のお返し。
まわりの人も　みんな
「アンパンマン」を見た。

いくつかの駅が過ぎて
母子連れは　降りていった。
ノートの切れ端に
さらさらと描かれた「アンパンマン」は
今、どこに　鎮座ましますやら。

（2012）

「寺家ふるさと村にて」(2013)

存　念

語りたいことが　在るのに
語れないまゝに
あの世へと　旅立ってしまったら
思いは　どこを
さまよっているだろう。

伝えたいことを
かかえたまゝで
この世を　去るときは
心　残りのまゝ
よりしろを　探す。

一つの記憶の中に　たたまれた
たくさんのことを
どこに　着地させようか。

草や　木々、石たちの中に
人々の　思いは　こめられている。
記憶を支える大地。
地霊のささやき。

ともに在るものとして
忘れないでほしいから
空は　大きく
風は　静かに
受け止めて

（2014）

「在る」ということ

外に向かって、表現する道を閉ざされたとき
人は　どうするのだろう。
他者によって、禁じられたとき
書いたものは
ひそかに、自分の蔵にしまわれる。

いつか　世に示せるときまで、
限られた理解ある人に向けて
私信を発する。
これは、ある種の自己救済、主張のあかし。
しかし　たのむように投げたサーブは
多分、打ち返されないだろう。

時間が経って　状況が変わって
という筋書が、いつ　やってくるのか、
誰にもわからない。
記憶の風化の中で、忘れられて
しまうこともあり。

隠されたものを
救う主《あるじ》は誰なのか。
いつ　現われ　世に出られるのか。
その日を
思い浮かべてみたりする。

（2014）

エッセイ

Essays

Kiyoko.H

「うずのしゅげ」（オキナグサ　2000）

寄贈本

駅から線路伝いに四、五分ほど歩き、左に折れたところのしもたや風の家がその家だった。何ども声をかけたが、しんとして人けがない。うす暗い玄関に首をつっこむようにして、もう一度呼んだ。こんな役は、あまり嬉しいものでなかったし、それに、今は、午後三時、白い飛行機雲が中天を横切ってすばらしい秋空だ。早くすませてしまいたかった。あらわれた年配の老婦人に、手短かに用件を伝えた。

「お上りなすって」 気さくな調子ですすめられ、もう、自分の思うようにはならなかった。私は、この家の、亡くなった方の蔵書の寄贈を受けとりに来たのだった。私はのっけからこの伯母と名乗る人の「かわいそうなことをした、もう、あわれで、情なうて……」という嘆きの滝を、浴びせられ、あわてた。

「あの子は、結婚十日目に、事故に遭うなんて——死んでしまうなんて、ほんとうにもう。親に先立たれたかわいそうな子だから、長生きするに決っていると思っとったのに——。」

不条理をなじる老婦人の声音は、残された花嫁のことになると、嘆きを超え、怒りをともなって、きつかった。

「花嫁は、葬式を済ませたら帰っちゃったんですよ。私は、会ってませんよ、会おうとしないんですからね。それで、あんた、自分の荷物はトラック連れて来て、もってっちゃったんですよ。私は、どうしたらいいか、哀しくて、あの子の家へ入ったときは、膝ががくがくしましたよ。あの子のもの、そっくり手つかずに置いてあるんですよ。文句言おうにも、いないんだから……。わたしゃ、何故、死んだ、どうしてくれると、初めて、国鉄を恨みましたよ、もう。」

一気に、まくし立てながら、そのときの様子が浮かんだかのように目をこらした。事故で亡くなったことを悼む風は見られなかった。消えてしまった花嫁を責め、そのため新居の片づけに出向いて、ひとりで、始末をつけなければならなかった苦労を言いたてていた。

私は、大変なことになったと思い、坐り直した。暗い部屋の中で、息苦しく、かすれてしまった声で、「仏様はどこに」と尋ねた。親たちと一緒にさせてやりましたよ、と淡々と語り、そのあとで、「箱に詰めて、四箱あるんですよ」と続けた。

私は、我にかえって、タクシーの手配をたのんだ。その日、学校に、本いっぱいの重い四箱を運び込んだとき、陽は西にまわっていた。ひどく疲れて、誰とも口を聞きたくなかったので、けわしい顔をして人を避けた。

何日か経った。仕事に追われ、あの箱を開ける時間がとれないいま、過ぎていた。ある日、本の持ち主の高校時代の担任が四階にやって来て、箱はあけられた。形も厚さも、色もばらばらの本が、無造作に詰めこまれていた。担任はいくつか抜き出しては、いとしそうに見ていた。彼を知っている人だもの、私は、明日から、さっさと仕訳けることにしようと決めた。

あくる日、朝日の中で、私の眼を射たものは『婚礼まで』という小冊子であり、二冊の旅行ガイド案内だった。この人は、このあと、すぐにあちらの世界へと旅立ってしまったんだ、一人で。不思議な戦慄が走った。

〝花嫁は、これを見ていない、知らない〟興味を惹く本の群。表紙を開ける、奥付を見る――、小さな角張った文字が記されていた。

買いもとめた場所、その日。（どんな日だったの？）どの本にもしるしをつける、いや、つけねば気の済まない何か。本文のところどころには書き込みも見えた。（内省的な方なのだろうか？）思索の糸をあれこれたぐり寄せて、何かと出会いたいと思っていたのだ。（それで出会えたのですか？）小説は、小品が多く、一つひとつ、手をそえて、手に入れたもののようだった。大きい判の美術書は、古本屋でみつけ出したに違いない。京都の疏水わきの古本屋のネームがあった。

箱をあけ、本を陽に曝しながら、私は楽しくなっていた。

夜、家へ持ち帰った一冊の本は、矢代幸雄『受胎告知』であった。私は、見たこともない一人の人に会いたいと思った。そんなことは、かなうべくもないことなのに、会いたい、知りたいという思いが募って困った。元はと言えば、彼が死んでしまったがゆえに〝出会えた〟のではないか。そして、無防備のまゝの彼だから、彼のすがたは、みんな開帳されているのだ。動くこともなく、語ることも出来ないのに、彼は、その生きたしるしを見せ、私を惹きつける。私の心の中の何かと感応する。

本の整理は、順調にすすんだ。どの本からも、不慮の事故のため、しあわせの絶頂から死へと導かれた青年の哀しみが伝わってくるようだった。しあわせだったと言えるのです か、と声をかけてやりましょう。しあわせだっ たのはほんの少し、でも……。

今、あなたは、見出された。そのことを知っ ているのは、誰？　プルーストの「見出され た時」をなぜながら、彼に語りかけています。 私もまた、出会えたのです。

いつの間にか、図書館の窓辺のポプラも葉 を落とし始めていた。いただいた本は、まと めて窓辺に置くことにしましょう。誰もいな くなった夜の図書館では、様々なおもいが、 クロスオーバーして、人間のように泣いたり、 笑ったりしているそうです。黒い影をひいた ポプラは、みんな聴いています。

（1964・?）

「図書館の常連」（1998）

秋

その街は門前町であった。年に一度の十月のお会式のときは、駅には臨時の改札口が設けられ、ふだんの何倍もの人が乗り降りし、街は一変するのだ。

門前町といっても、寺までの参道が、長く真っ直ぐに通じているのは、ほんの短い距離で、いくつもの通りが、あるものは斜めに、横に交差していて、何とも奇妙な街であった。

ここに一本の道があった。車がようやっと行き来するだけで、両側のお店とて、軒を連ねているわけではなかった。それでも、中学生や高校生の通学路で、結構、賑わっていた。

駅から一、二分のところに、一軒のしもた屋があった。玄関のガラス戸の真中に、「傘直」と墨書してあり、ほとんど入口は開け放たれていた。その上がりかまちに、五十がらみの男の人が坐って、いつも傘を直しているのが見えた。

秋だったと思うが、家の横の外壁に、色紙が一枚、鋲で留められているのに気付いた。

ある朝、玄関がしまっているのをたしかめ、その色紙に近づき目をやった。

道端の
蟇《がま》　あおむけに
早雨　くる
洛岳

俳句であった。なかなかいい。エンピツを出して、メモするのもはばかられ、呪文のように暗記して、学校へ行った。私は高校の教師であった。

いざ紙に写しかえようという段になって、怪しくなった。駄目だなあ、このあたま。

そんなこんなで、人をたのむことを思いついた。生徒と一緒に帰ることにし、覚えこんでもらおうというわけだ。

その中の、ユニークな生徒が言った。

うちつけてある色紙を、ちょっとの間、借りていって、コピーしようというのだ。

どうやって、あの主《あるじ》に説明するのか、骨っぽい、いっこく者のような感じで、私はたじろいだ。

こちらが、身を引いた分、生徒は乗り気になり、黙って実行しよう、と言い出した。

私は、困ったことになったと、自分の立場を力説したが、おさまらなかった。

結局、心の中で、お詫びしつつ、留守の日に決行することにした。

「傷つけないでね」

「人めにつかないように　やるのよ」

「手早く　すますんだ」

いろいろな声の飛び交う中で、小柄な、すばしこい生徒が実行した。

学校に、大切に抱えていってコピーをとった。少し雨風にさらされ、くろずんでいたが墨の濃淡まできれいにとれた。

コピーは大切に保存された。

くもり空の静かな朝、そっと返しに行った。心に引っかかるものを持ちながら、あの家の前を通るのは、きつかった。

生徒たちは
「あの色紙、まだついていたよ」

「ゆうべの風で、落ちてしまうんじゃないか」

「あの小父さん、仕事の手さばき、名人芸だよ」

などと、話題にし、見守ってきた。

ところがある日、しもた屋は開かなくなった。気にかけながら年を越した。新学期の初め、あの家の住人は替わっていた。誰かが近所の人に聞いたが、要領を得ない。

「ぼくたちの　したことは、悪いことだけどいいことでもあるんだ」

「俺、覚えているもん〝道端の……・・」

「〝あおむけの　がま〟っていうのが、目に浮かぶのよ」

こもごも、自分流にまとめた。色紙はなかった。外壁のそこだけが、少し、白かった。

彼等も卒業して、二年が経った。もうあそこには、しもた屋はなかった。

あの小父さんは、どこへ行ったのか。お店をたたんでいくとき、色紙をはずしていったろうな。

あの角に立ち、感慨にふけった。

私たちは、どうして傘直しをたのまなかったのだろう、ことばを交わしたかった。あの句についても、話したかったのに……。今なら、無断持出しと著作権法違反ものなのに、何たることだ。

街の変わりようはすさまじく、昔の面影はどこにもない。

（1978）

＊後日話　二十年が過ぎた。街は、空に向かって伸び、昔、ここに一人のストリート・ワイズがいたことは誰も知らない。

「鬼灯」（ホオズキ　1993）

射手座に……

あなたは、星座占いを信じていますか。

若い人の中には、あれが大好きで「今週の――」というのを、真剣に見ている人がいるではありませんか。

でも、お遊びなんですよ。

暇つぶしってとこですから……。


それというのも、車の免許の書き換えに出かけるたびに、思うんです。

私は〝射手座の女〟。星座占いによれば、「自由を求め……」だそうです。

順番待ちの間、思わず、まわりを見てしまいます。

書き換えの誕生日近くになって、この場所へ集まって来ている人たち――とりわけ女たち、「自由を求め」ているんだということになり、何とも不思議な感じがして来て、楽しくなります。

私は星座占いは、星屑ほども気にしてない方ですが、同じ季節に生まれた人が、一堂に会する場があるなんていいですよ。これから、免許書き換えに、お出掛けの節は、同じ星まわりの人をじっくり観察して帰って来てください。似ているのかどうかもね。因みに「束縛されることが大嫌い。自由奔放で、熱中人間のあなたです。自由にのびのびとやれる環境で、能力を発揮する人生です」ってよ。


（1980）

＊後日話　十五年ほど経ちました。人生の半ばを越えました。

夏、夜、十時頃。南の空に一縷の星の群が輝いているのが目についた。美しいシルエットの落葉松の梢の先です。

星座図を片手に確認。射手座でした。

私は、死んだら〝あそこへ行こう〟と勝手に決め、誰もいないのをいいことに大きな声で、「よろしく、たのみます」って言いました。

信州の空の下、樹も草も、隠れている狸も、休んでいる鳥や虫たち、みんな証人ですよ。

（1995・8・11）

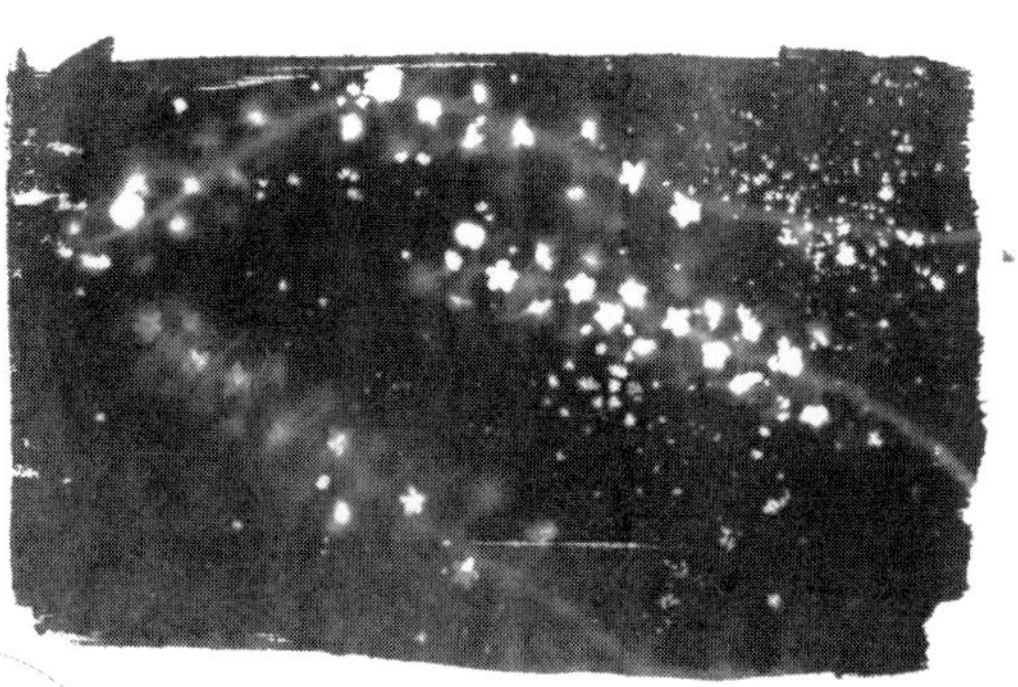

「山の星祭り」（山ごぼう　2012）

ハンカチ

一枚のガーゼのハンカチ。少し大ぶりのハンカチは、四十代にして、死を迎えねばならなかった友人が、最初の快気祝にくださったものだ。「使ってね」と言ったときの彼女は、まだ、至って元気そうで、その後のすさまじい闘病生活の、忘れようもない姿とはまた違って私の目に焼きついている。

大きく、厚ぼったいハンカチは、そのまま引き出しにしまわれたまゝ、日が経った。

その頃、私たちは週に一度、仕事で会っていたが、その後、二人ともそれぞれ学校をかわり、彼女は手術を繰り返した。私たちは、どちらも娘二人の親であり、年が大して違わないこともあって、遠く離れてもことあるごとに電話をかけあった。辛いことや困ったことがおこると、私は彼女に助けを求め、聞いてもらうのだった。彼女が遂に病に勝てず、亡くなったとき、私は彼女の心残りをおもい、ただ哀しかった。

しばらくして、仕事や、子どものこと、話したいことがたくさん出てきて、私はあらためて彼女を喪った大きさを知り、うろたえた。彼女だったら何というだろうか、と自問しながら何とか切り抜けて来た。そして、立ち直るとき　よく涙を流した。

引き出しの中の彼女のハンカチ。

青い縁どりの二重のガーゼ。その中に青い大きないちごが八つ。涙に耐えてくれた。「涙を気にしないで、そのあと、しっかりすればいいいんだから」彼女が言っているかのようだ。
　こんな嬉しいいただきものはなかったなと思うのだ。
（1988・8・31）

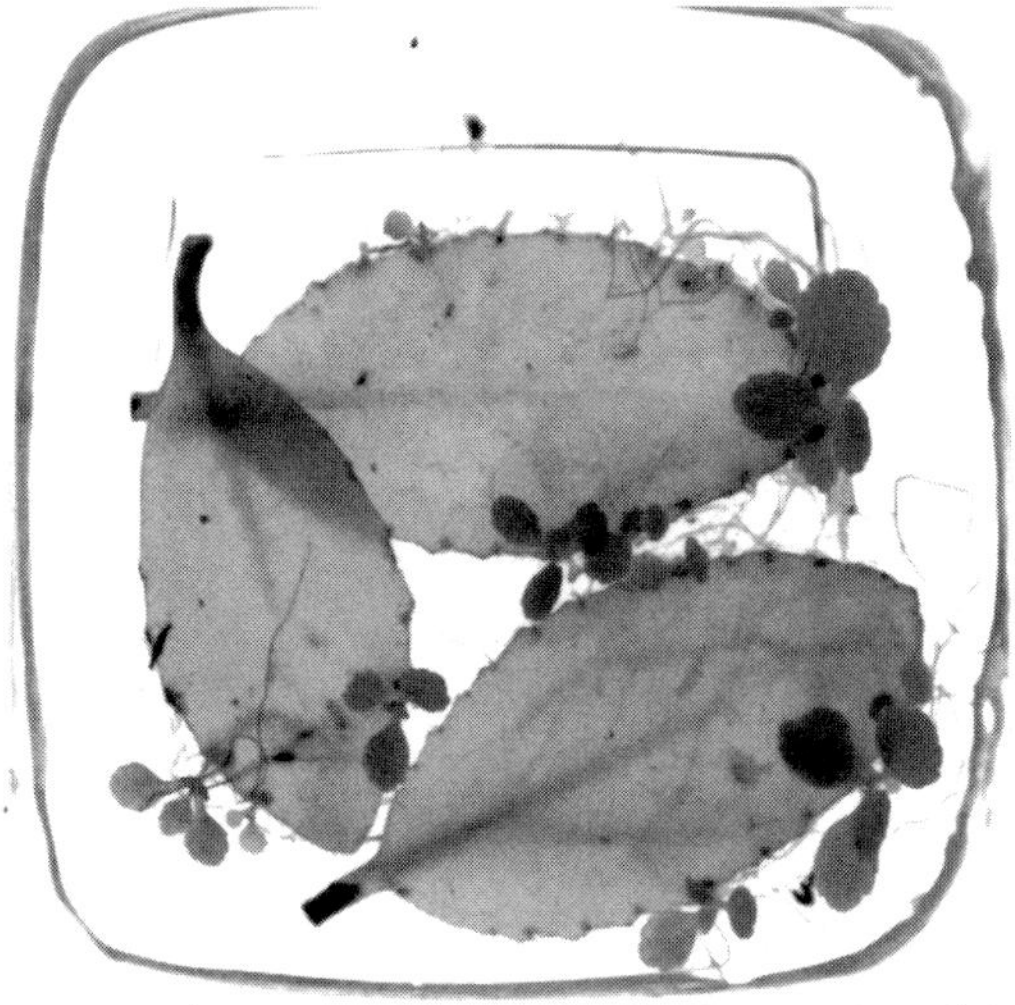

「マザーリーフ」（ベンケイソウ　2000）

車中小景

八月、九州の果て、平戸への車内でのことです。隣りの中年の男の人が、何やらいわくありげに、大事そうに箱を抱えています。時折、顔を寄せて、中をみている様子。聞けば、船中で、十姉妹のひなが孵ったので、古い救急箱に穴を開け、巣にしたのだそうです。下船、連れ帰るとのこと。陽に焼けた顔に、やさしいまなざしが語ってくれました。

そして、小鳥は、バスに乗って平戸へ。バスターミナルには、女の人が待っていて、降りてくる人を待ちかねていました。救急箱の小鳥は、静かな　面ざしの白い手に渡されました。ふたこと、みこと、じっとみつめ合ったま、のひととき。

私は、遠く、平戸の海の波の輝きをみていました。

（1985・8）

「埠頭にて」（2003）

図書館寸景

五月のある日。図書館の閉館間際です。「『やっぱり　私は　嫌われる』の本を探しておられる方、カウンターまで、おいでください。」係の女性の抑揚のない声が響きます。

私は、びっくり、こんな呼び出しってある!?　座席近くの人をきょろきょろ見まわしました。誰も、この呼び出しに刺激を受けた様子はありません。すごい集中力の人たちだこと。だが、私は、頭をもたげた好奇心そのままに、決然と立ってカウンターへと進みました。

どんな人が、こんな本を読もうとしているのかしら、きっと嫌われていて切ない思いをしているんだろうなと思ったのです。

だから、ライブラリアンの私としては、味気ない呼び出しで、何と無風流なことよと、いささか呆れていました。

正面きって顔を見てはかわいそうだもの、と極く自然に柱の陰に立ったのです。

あらわれましたのは、感じのよい若い女性です。小柄でしっとりとして、今はもう死語化している〝可憐〟ということばが生きている人だったのです。勝手な想像とのギャップに驚き、しばらく、あっけにとられていました。係の人とのやりとりは、そんなにはっきり聞こえません。どうやら、書名の確認のようです。そして彼女は館外へ。

私は、あわただしく、机の上を片づけ追うことにしました。外に出ると、線路わきの駅への下り坂。軽やかな足どりで、はるか向こうを駆け下りていく彼女が見えました。白いブラウスが夕日を受けて赤味を帯びています。青地の花柄のスカートも点になり、角に消えました。早い歩みには追いつけません。

〝あなたを嫌う人なんていないわ。私が男の人だったら、もち、ほうっておかない、自信をもって〟なんて、言ってあげられたらと思ったからです。

帰りの電車は、いつもと違うようです。ああ、きょうは、週末、土曜日でした。車内のそこゝには、二人連れが話に夢中のまゝ座っていました。そうか、彼女は、この週末をひとりで過ごしていたのだ。してみると、ちょっとさびしかったわけだ。やっぱり、声をかけてあげたかったなーと、少し、出すぎのお節介人は思ったことでした。

この日の、ちょっとした一シーンは、もしかすると私の〝深読み〟が始まりかもしれませんね。

新しい街の大人気の図書館は、いつ出掛けていっても混んでいて、様々な刺激を与えてくれます。

後日、私は、この本の著者が　ビート・たけし氏であることを知りました。

（1994・5）

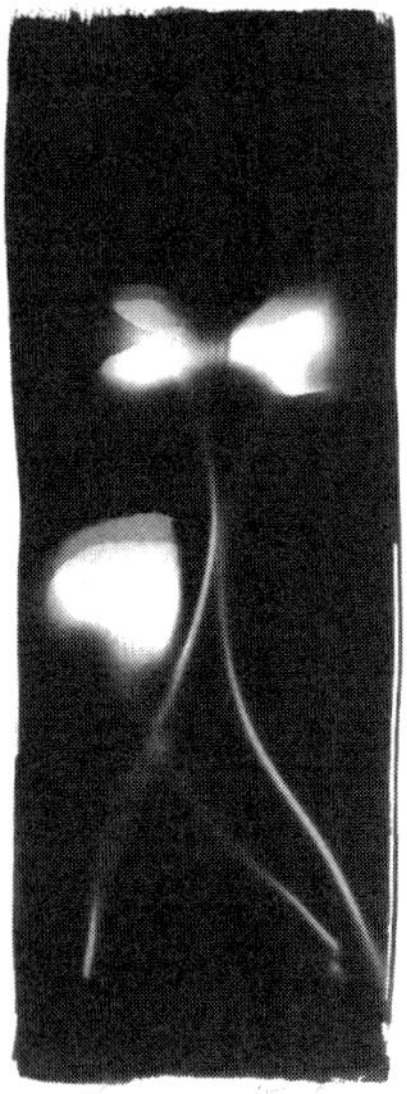

「内気な花」（シクラメン　2000）

そこは屋上であった

そこは屋上であった。

陽が昇り、明るくなると、遠く、東京湾への入口に、アーチ型の橋が見えてくる。

背を向ける。小さなビルが高く低く積木のように置かれているのが見える。

その先には、国会議事堂が、三角の頭の部分だけをのぞかせている。もう少し奥の緑の一かたまりが皇居の筈であった。

五月も半ばすぎ、きょうも、よい天気になるだろう。

病院では、朝の一連の流れが終ると、屋上への階段に、ゆっくりと歩く人たちが一人ずつ現れる。

転落防止除けの金網に近づき、思いおもいの方角を見つめる。

しばらくは、静かなひととき。さわやかな快い風が、一人ひとりに何かささやく。からだが、ほぐれるようになって、ちかづいて話しかける。

「あそこに、くろく光っているのは川ですよ。少しずつ動いているでしょう」

と、五十代の男の人。

「すると、あれ、橋ですか」

目を凝らすと、黒い鉄橋のアーチが見える。

「周りに溶け込んでいて、わからなかったわ」

「有名な橋、わかりますか?」

「勝鬨橋?」

「ピンポーン。当りました」

「懐かしいー。あれが出来たとき、小学生でしたけど、見学に行ったんです。跳ねあがる瞬間が見たくて、胸をどきどきさせて待ってました。

あれ以来、一度も見たことありませんわ」

すっかり忘れていたのに、こんなに高い所でご対面してしまった、と思った。

「ここでの〝お役〟が終わって、お許しが出たら、あそこへ行って見たいな。割れる所に足で立って、行ったり来たりしたいわ」

「行ってらっしゃい。交通が激しいから、気をつけないといけませんよ」

屈託のない会話のやりとり、あちらさんもどこも悪くないみたいだ。

ある日、若やいだ雰囲気の一群が現れた。

うれしそうに説明している女の人。

「あの、海上の橋が、段々出来上がってきて、もうすぐつながるの。お台場と。その少し奥は、東京湾のトンネル。入口のすぐそばに火力発電所が見えるでしょ。

お天気次第よ。かすんで見えない日もあるけど……」

指さす方向は、海。まぶしいくらいの波のきらめきが目を射た。

かざす手を頭に当てた。短く刈られた髪は、未だ不揃いであった。

洗濯干し場を風が抜けた。シーツがあおられた。

角のところで、あたりを気にしながら煙草を吸っている男の人の姿が見えた。

自分に言い聞かせるように

「煙草はいけないんだけど……」

と小さくつぶやきながら、味わうように吸っていた。

わきを通りながら
「そうですけど……・。ねぇ」

と、思わず声に出してしまった。

けげんな顔で、問いたげにこちらへ歩いて来た。

どうしよう。

「何て、おっしゃった？

耳が遠くなりましてな」

「え ゝ、おいしそうですね」

つづきのような言葉を添えた。

「やめないといけない身ですがな。

あなたも、おやりになる？」

「…………」

「いけませんですよ」

小柄な男の人は、さっと足早に去った。


風の向きが変わって、かすかに潮の匂いを運んできた。

二、三日、雨が続いた。
新聞を丹念に読んだ。

国会での与野党の攻防が、大きな見出しとなって踊っていた。

晴れ上がった朝、屋上へ駆けのぼった。息が切れた。

くっきりと、三角屋根が浮き出ていた。こんな気持のよい日だ。あそこでは、居眠りなどしているかもしれないとふと思った。

病室に戻ると、隣りのベッドの女人に見舞客が来ていた。

「仕事に行く前に来たの。向うから、手紙があったからね」

「ありがとう。無理させて……ごめんね。大分、楽になったよ」

「ほしいもの書いておいてください。

私より若いもんが来てくれます」

「この手紙、ポストに入れてってね」

張りのある声とかすれた声が、ベッドの境のカーテン越しに聞こえてくる。

うとうととしていると、いつのまにか、帰って行ったらしい。

「あの子ね。うちのそばの子なの」

「…………」

「昼から、つとめに行くんだって……」

「あたし、オキナワなの。飛行機で来て入院した。向こうの紹介状、持って来たの」

「…………」

「こっち、知り合い　いないの。

サイパンに働きに行ってて、身体おかしくなってしまい、くにに帰って、見てもらえっていうんで……。そうしたら、先生、こっちの方がいいっていうんで、年度の終わりまで働いて、けじめつけてから、こっちに来たってわけ」

かすれた声が、何度も途切れた。

「大変だったのね」

と、天井を真直ぐみつめて、言うのが精いっぱいだった。

「うーん、でも、若いもんが、やさしくてね」

「みうちじゃないのにね」

「あっちじゃ、門中（もんちゅう）、みんな助け合ってるから、向うから、行ってやってくれ、って言われたのよ。

こんど、来てくれる子なんて、東京、まだ

ひとつきも経ってないんだ。ちゃんと、来れるかなあ」

最後に、大きく息を吐いた。

「こゝの中のこと、私がしてあげられますよ」

「ありがと」

小さな声であった。


明け方、あわただしい人のの出入りの気配に目が覚めた。

斜め前の病室のあたりから、泣き声がかすかに聞こえてくる。話し声はない。

前のベッドの年配の婦人も気付いたらしい。

「ゆうべ、あそこに運ばれて来た人だわ」

「男の人？」

「どちらでもないの、今はもう……」

「寝るころには、家のものは見えてなかったんだから……」

「遠いのかしら、ね」

「夜中、車を走らせて来たのね」

トイレに行こうとして、ベッドを下りると老婦人が
「あそこは、迂回して行くのよ」

と、小声で言った。

うなづいて廊下へ出た。暗い中に、そこだけ明るかった。


次の日、屋上に出た。

片隅に、クジャクサボテンの鉢があり、五センチにもみたいな丈に、大きな花を咲かせていた。さえぎるもののない強い陽を受けて、くっきりと影を作っていた。赤紅の鮮やかな色が存在を主張し、初めて気付いたのだ。


「きれいですね」

「えゝ」

「わたしゃ、八十の坂を越えるまで、花をしみじみと見たことありませんでしたよ」

ほゝ笑みながら、老人を見た。

身をかがめて、花に手を触れている。

「指物師でした。

それが徴用で、ほら、あの辺ですよ」

勝鬨橋のずっと向う、左手を指さした。

「石川島にやられましてね。溶接やらされたんですよ。

そのあと、召集です。朝鮮へ連れて行かれて、工兵ですわ」

一つずつ、しっかり聞いた。歯切れのよい、はねる言葉のひびきが快よい。

「そのあとがシベリア。

大事なこの手が――火花をさばき、泥んこの川で、大砲引っぱったり、木を挽いたり、です。あわや、凍傷にもなりかかって……。

戦後は、プラスチックさまさまでしたからね。

わたしの場合は〝この手が知っている〟というわけです。

「でも、もう、オシマイかな」

「そんな」

「この鉢もの、見舞の品で、持ち主がいなくなったので、こゝに捨て置かれたんでしょうな。

〝お前さんは、それなのに咲いたんか!〟

偉いもんだ。

そういえば、シベリアでのひどい毎日。木は、春になると、枝に米粒くらいの芽を付けるんです。少しずつ、あったかくなると、芽もふくらみ、色も出てきてね。春が待ち遠しかった。

これ、白樺の木切れで作ったんです。何日もかかりましたよ。

腰のところから、小さなひょうたんをつまんで見せた。お守りにしてます」

手に馴染んで、黒くなっていた。


お隣りのオキナワの女人が、退院することになった。未だ時折、咳込み、苦しそうで、いたわしかった。

一か月ぐらいは、通院しなければならず、オキナワに帰ってしまえないので、どこか近くに部屋を借りるのだという。

でも、六月は、オキナワに帰りたい、大事な時期だから、と、ひとりごとのように言った。

いつかの若い女の人と、青年がやって来て手際よく荷物をまとめた。

その青年に、屋上から、東京を見せたいと言って、三人、肩を寄せ合いながら、そろりとあがっていった。


週末に、夫が見えたとき、屋上に案内し、二人で真下の駐車場を高みから眺めた。

ミニカーのような自動車が、区切られた区画にきちんと並んでいて、時折、出たり入ったりしていた。色とりどりのかわいらしい車は、私たちが、はるか上空からリモートコントロールしているようだった。


手術の日が近づいていた。

消灯間際に、そっと抜け出し、屋上に立った。ネオンの美しく点滅する街を眺めていたら、突然、国会側の方に流れ星が飛んだ。

「光度、強く、中天の下」だ。

天文部の流星観測を思い出し、声に出して言った。

真上に恒星一つ、木星だろうか。

「流れ星に、何を願ったらいい？」

光氾の消えたあたりに目をやり、たずねた。

術後のめざめの中で、のどが渇き、苦しくかたわらの夫に、すがった。傷の痛みもあって、してほしいことが通じないと、自分でもひどすぎると思いながらも、我がまゝ放題を言った。
二、三日が過ぎ、人ごこちがついてきた頃、年配の婦人が
「あなたのご主人、かわいそうだったわ、ねぇ？」

と、新入りの奥様風の人に相づちを求めた。

こちらに、顔を向け、

「宅だったら、帰ってしまいますわ」

めがねを上げながら応えていた。

「ゴシュジン、気が長く、我慢強い方ね」

〈えっ、シュジン、シュジン〉

言い馴れない言葉を口の葉にのせてみた。

そうすると、さしずめ、私は奴隷ってわけ、
するど、この場合、ドレイが威張っていたわけだ。

〈こりゃ、大変だ。革命だ〉と、おかしくなった。

「どなたさまも、お聞き苦しく、お騒がせして済みませんでした」

にこやかに笑いつゝ、詫びた。

あくる日、夫が現れたとき、二人の女人は、何くわぬ顔をして、夫をちらっと見た。

「いろ々とご面倒をおかけしました。

悪かったわ、ほんとうに」

お二人に聞いていただきましょう、というわけで、声を大きくして言った。

夫も、

「もう二度と、世話はしませんよ。いやなこった」

と、のたまった。

看護婦さんから、何でもどんどんするようにと言われ、洗濯を干しに屋上に上った。クジャクサボテンは、とうに終っていたが、別の鉢にタンポポが咲いているのを見つけた。

〈どこから　やって来たの〉

〈西洋です〉

〈そう、うそ。こんな高いところに〉

〈風に乗ってー　着地成功です〉

しばらくは、セイヨウタンポポと対話をした。

その日は、面会がどのベッドにもあった。昼過ぎ、老婦人の娘さんが現れると、一瞬、あたりが華やいだ。目鼻だちのやけにはっきりとした人で、先生にも看護婦さんにも立派な挨拶があって驚かされた。田舎の旧家風の母親とは対照的であった。

もう一方の奥様には、子どもが一人ずつやって来ては、家族のこぼしを訴えていた。

一番先に現われた高校生は、何と小遣いをねだっていた。一番下の子だということだった。

私のところにも、友人が見えた。

こゝを出たら、勝鬨橋を渡って、月島から佃島めぐりをしようと約束した。

きょうは、病室の中に、種々雑多なひとが流れ込み、混じり合い、時の流れを変えた。

夕方、洗濯ものをとりこむのを忘れてしまい、あわてて上へ駆けのぼった。

夜の屋上は、ひんやりと気持よく、深呼吸

した。西の空に黒い雲があり、時折、稲妻が走った。

身体の回復とともに、朝のめざめは、日毎に早くなり、外気に触れたかった。

ある朝、そっと屋上へ出る。

うす暗い中、築地の市場のあたりに、目を凝らし、信号待ちの人の群を見る。小さな緑の点がともると、一斉に動いて、ねずみ色の大きな屋根の下に吸い込まれてしまう。小型のワゴン車に荷を乗せ、右往左往する人たち。高いところに声は届かず、動きまわる人のすがたが小さく見える。

無音の世界とも、もうすぐお別れとなる。〈音量〉のつまみがあがるのだ。

退院の前日、地下の売店に行った。

売店の並びに、理髪店と美容室もあった。前を通るとき、特有の匂いがただよった。

廊下の片隅には、束ねられた雑誌が積まれていた。今、着いたばかりなのだろうか。片手で持てるほどの束の腹に、やしの紙が当てられ、そこに大きくマジックで《ガン》と記されていた。

当て紙のわきから、少年マンガの雑誌の名が見えた。

その日は、明け方、起き出し、屋上に別れに行った。

深い青が、天空いっぱいに拡がり、刻々と変わっていくさまを眺めた。風はなかった。

水辺は未だ暗く、未完成の橋のアーチは、

黒いシルエットになって浮かんでいた。

船が一そう、真中辺に停泊していた。

浜離宮の黒々とした森が、緑に変わり出した。風なのか、梢が揺れる。鳥が動きだしたのかもしれない。

中天の　有明の月も　薄らいできた。

（1993・2・14）

「花一輪」（2004）

「幸せ」の新聞配達人

あれは、母が亡くなっていて、少したっていたときかもしれない。七年経った今は、はっきりしないのだ。

しかし、一つのことは、鮮やかに覚えている。都内から訪ねて来た叔母が〝駅に着いた〟との電話のあとも、いつまで待っても現れないのだ。心配して表に出ていると電話が鳴った。

〝お宅の叔母さんが、家に来ております〟

間違えたらしい。でも、どうして？

〝お迎えに来てくれますか〟

教えられた通りに、道を右往左往。探したが、見つからない。

と、突然、バイクが、私のわきで停った。

「どこか、家をお探しですか」

新聞配達の青年が、ほゝえんでいる。

「あゝ、そのお宅ならわかります。お乗りください」

六十歳の私は、青年の腰に手をまわし、車上の人に。

その家へは、あっという間に着いてしまった。

「ありがとうございました」

と、常よりは若やいだ声で礼を述べた。颪を切って、配達の青年は、たちまち視界から消えてしまった。

叔母ときたら、その家で、お茶をご馳走になっていたとは。小学校の近くということと同じ苗字でもあったので、久し振りの叔母は勘違いしてしまったのだ。

私といえば、さわやかな青年との思いがけない交流が、胸の中にあたゝかなものとなって残った。思い出すと、かすかなときめきの痕跡もあって懐かしい。
彼は、新聞とともに、街に幸せを配達してくれたのだ。

（２００２）

「ダンス」（インパチェンス、2012）

短編

Sketchs

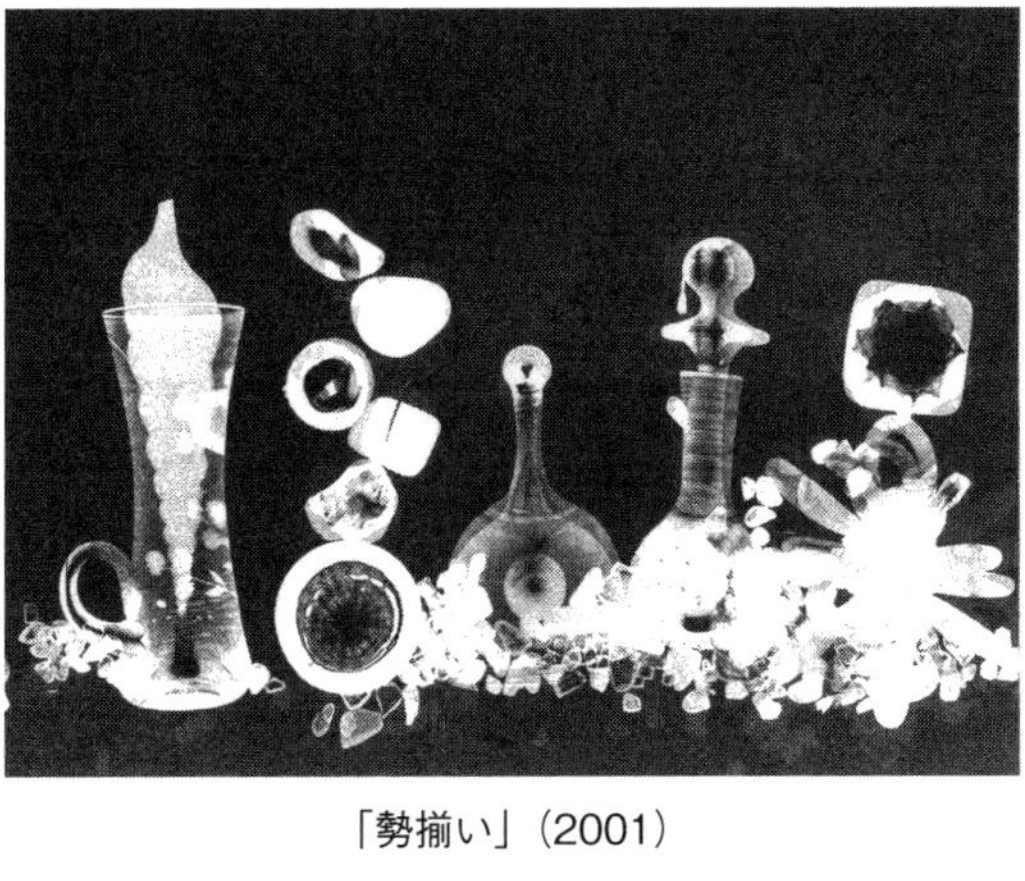

「勢揃い」(2001)

転校生

　地下鉄から地上へ出ると、目に入るものは青い空をくっきりと割って、真っ直ぐに立つ高い背のビルであった。きっちりはめ込まれた空の色にみとれていると、きまって、正面から強い風が吹いてきて、スカートの裾を巻き上げるのだった。

　四月、私は、山陰の城下町の高校から、都会の真中の学校に転校して来たばかりだ。

　三年生だった。

　父の転任に伴い、きょうまで、いくつ学校を変わったことか、こんどの学校は、女生徒だけで、女の先生も多く、いたってこぎれいであった。

　校門のわきの桜吹雪の中を、初めての日、ちょっと気取って登校した。

　小さな学校で、誰も彼も、退屈していたのかと思う。いろいろな歓迎を受け、忙しい毎日となった。

　しかし、一週間が過ぎると、打ち捨てられ、それでいて目をつけられ、苦しくなってきた。

　授業中のこと、質問をすると五点プラス、宿題を出すと十点、今、あなたの持ち点は百点をちょっと超えたところです、なんて、まじめに平気でいう先生を前にしたとき、驚いてしまって、先生の顔をまじまじと見つめた。

　これは、もしかすると、しっかりと聞いているからといって、プラス五点ぐらいになったかもしれないのに、私ときたら、多分に挑戦的な目つきをしてしまったのだ。

その他も、似たり寄ったり、ただノートを写しているだけ。聞きおくときは、三階の窓から遠く目をやると、高層ビルが陽の光を全身に受け、銀色に輝いていて、まるで未来都市のようだった。

四限の終わりのチァイムが鳴ると、みな、待ちかねたように机を寄せ合い、一斉にしゃべり出し、いろいろな食べものにかぶりつくのだ。

私は、おとなしいグループの隅の方に入れてもらって、話を聞くのだ。いつも、男の子の話、いや、男の話が多く、それも具体的でまいってしまった。テレビのタレントの話ならいいのに、どこかの名もない奴の話だ。

同性だけなので、みんなあけすけで、私は自分が男になったような錯覚にときどき陥った。女性についての、聞いてはならないことを耳にした純情な少年のように、ほゝが赤く染まってしまう。それでも耐えた。

若い男の先生は、張り切っていて、熱心だった。だが、なぜか、心ひかれるものがない。それぞれ個性的であったが、胸にひびかないのだ。時折、前の学校の小柄な古典の教師を憶い出しては、なぜだろうかと考えていた。いつのまにか、女の子に興味をもつ質《たち》になったのだろうか。こんな風なことばかり考えている自分は､異常なのかと思ったりもした。

中年の先生とて同じだった。私はこの学校の中で「出来る」方の部類に入るらしかった。

親切にかわいがってもらえて、これも驚きだった。

こんな結構づくめの中で、更に、ミス・ポニーと呼ばれている素敵な女教師に声をかけられたとき、真底、厭になってしまった。私は、やはり、男になってしまったのだ。

夜、眠れないまゝ、胸に手をあてて、数をかぞえていると、乳の柔らかな膚ざわりが不思議になってくる。私は、自分でないような、自分を偽っているという、思いでいっぱいになり、涙があふれてならない。

勉強は、どれもこれも面白くなく、知りたいことは何もないように思えた。何かが足りない、何かがと思いはじめて、何だったのか、わからないまま、いらいらしていた。

五月のある日、K子は刈り上げで登校して来た。転校生として、異質なものになることで、かえって目立ちたがっているようだ。

その、うなじの青さは、初々しい果実の切り口のようだ。教師であるわたしは、この異装を咎め、直さなければならないのに、眺めていると快い。

小さな雨が、毎日、都会の街を濡らしていた。同級生は修学旅行に立った。参加しない者は、校内で自習することが義務づけられていたから、毎日通った。二、三時間だけの学習で解放されると、街から街へと歩きまわった。雨の中、表通りの洒落たウインドウをのぞいたり、長い塀に沿って歩いて何時間も過ごした。

何かを求めて、それが何なのかもわからず、あの時の私は、ただ、歩いたのだ。おなかが空いていたのに、足りないという感覚はなかった。

夢中で過ごした五日間がおわると、私は学校へは戻れなかった。

朝、目が覚めると、身体から力が抜けて、起き上がれない。母が、必死に起こして、弟が冷かしても駄目だった。

これが、私の登校拒否の始まりであった。母は、学校に、毎日、決った時間に電話をかけ「きょうも、行けませんのです」と伝え、学校との縁を懸命につないでいた。

「高校生活も残り少ないのだから、お願いだから、高校だけは出てちょうだい。夏休みまで、あとわずかよ。」

母の哀訴をいくら聞いても、うっとうしいだけで、前へ向かって進んでいけなかった。

父は、一言も、発しなかった。それは不気味でこわかったが、そのまゝにした。

K子は、学校に来ていない。そのことをクラスの者も、教師も、少しも気にかけていない。

授業のとき、空いている席に目をやり、さびしいなと思う。気にしているのは、わたしだけ。

七月は惨憺たる有様で過ぎた。母は責めまくった。ついに、拝み倒されたかたちで、期末考査は冷かし気分で受けることになった。テストのときは、口を聞かなくて済みそうだし、遅れて入り、さっと帰る、休み時間は顔を伏せていよう、と決めた。

何も言わないのに、学校側はテストの時間

割を連絡してきた。

母は、

「いい学校ね。いい先生だわ」

と、何度も繰り返しながら、私に伝えた。

それで、三日間だけ通った。四日目はどうしても起きられなかったのだ。

私をしっかりと見つめる、あの監督の先生の目がこわい。私の内面にまで、真っ直ぐ入り込んでくる視線をさえぎるものは何もない。口を聞かなくて済む防御から、容赦もない、まなざしの攻勢を思うと、行く気がしなかった。


K子はテストを受けた。教壇から彼女をみる。すらすらと答案用紙に書き込んでいる。

ほっとしたのも束の間、最終日は来られなかった。この日の教科はどうなるのか、考えているんだろうか。

夏休みに入った。その前に、母が学校の呼び出しに応じて、おそるおそる、出かけていって、通知表をもらってきてくれた。欠席の数値が、成績のそれよりも、まず、私の目をとらえた。

父は、夜遅く帰って来て、通知表にさっと目を走らせ、何も言わずに寝た。

私は、助かったのか、許されないのか、宙に浮いたまま捨ておかれて、ほんとうのところ、嬉しかったのか、悲しかったのかもわからなかった。

ただ、長い夏休みをどうやって過ごしたらいいのか、言いようもなく不安だった。

前の学校の友だちからの便りは、受験を意識したものが多く、東京にいる身を羨んでいた。返事を書くのも億劫で、別世界との通信はたちまち途絶えてしまった。

自由な時間をいっぱい手にして、また、歩きまわることにした。都心から郊外電車を乗り継いで一日中歩いた。橋のたもとでは川をのぞき、保育園のわきで、子どもたちの遊んでいる姿を眺めた。製材所の材木に身を寄せ、深呼吸し、日差しを避けてはビルの間に立った。

いろんな人が、昼も夜もせわしなく動きまわり、群れ、声を掛け合っていた。どの駅前にも大抵、軽食フードがあり、夕方になると高校生たちが、かき入れのアルバイトに精を出していた。科（しな）を作りながら、かわいらしく注文をとっていた。これが、学校の中では、地声そのまま、言いたい放題の連中と同じとは、どうみたって信じられなかった。

わざと、聞きとれないほどの暗い調子で注文したときも、愛想よく聞き返すので、どうして、このように変われるのかと、思わず、にやりとしてしまった。

これが、ミス・ポニーたちが、常々言っている「けじめ」というのですか、出る所に出れば大丈夫なものですね、などと冷やかしてみたくもなった。

暑さにもめげず、ただ、歩きに歩いた。家の者には、図書館に通っていることにしてあったので、弟が

「どうして、陽に焼けるのかな」

といやみっぽく言ったときも、無視することでやり過ごした。

母は、朝、床を離れてくれることと、夜、疲れ果てて、ぐっすりと眠るのをよろこんでいた。私は、母の疲労の素だったのだ。

父は相変わらず、私に関心がないわけではないのに、表に現さなかった。

新学期になって、ごく自然に学校に行ってみようという気になった。気が乗らなくなったら、いつでも止めようの居直りで通い出した。新味のない授業を片耳で聞きながら、小さくたたんだ東京の地図を見て過ごした。

夏への未練が、街に暑さを残していた。

朝からの残暑の中、学校へ着くと、K子がいた。

身のこなしが軽やかになり、生気が満ちていた。あやかりたいと思い、そばに行って、声を掛けた。気に障ったらしく、身をかわされた。

いつごろからか、朝、一人の青年とすれ違うことに気付いた。表通りから直角に入る、細い通りは、両側に、仕舞屋風の家並みが続いている。

彼は駆け足でそこを抜ける。三十代前半のサラリーマン風の青年が駈けていく姿は、会社に遅れないようにと急いでいるように見えた。

何日目かの朝、すれ違った瞬間、彼と目が合った。誰かに似ている。しかし、憶い出せない。人通りの少ない朝の小道を、たちまちに駆け抜けて大通りへ出てしまう。そして、私は、取り残されたようになり、胸がきゅーんとなった。

翌日、彼に会えるだろうかと、期待しながら、大通りから小道に入った。その通りの端を曲って、直進してくる彼の姿が目に入った。だんだん近づき、ついに一点でまじわるとき、私は彼と目を合わせた。歩調をゆるめることなく、彼は去ったが、私は満足であった。

予想したことが当った喜びで、何だか心が浮き浮きとしていた。学校へ行くことが、楽しくなった。いつのまにか、涼風が立ちはじめ、私のやる気度はあがった。

ちょっと、私が遅れたときは、すれ違う一点がずれた。彼は正確に、どこからか、どこかへ向かうのだった。彼が、何もので、何を着ていたのかもはっきりしない。ただ、その一点で発するオーラのようなものに、とらえられてしまったのだ。

朝も不思議に早く目覚めた。彼は決して目をそらさず、ひたとみつめる。ほんとうに、私をみつめていたのだろうか。自分の髪に手をやった。秋の風を受けて、伸びた刈り上げがみじめだった。

K子は、今朝、わたしの前をしっかりと落ち着いた足どりで歩いていた。追いこそうとしたとき、向うから駆けてきた男の人が、わたしたちの脇を通り抜けた。その瞬間、わたしのあまり好きでない香が鼻先をかすめた。

K子に「おはよう」と声を掛けたところ敵意のこもった目でみつめ返し、駈けて行った。

授業中、当てても答えず、つとめて気にしないことにする。

ちょっとさびしい……。

彼女が、わたしに向ける反感の根は、何なのだろう。わからない。

九月は早く過ぎた。文化祭の準備が少しずつ始まり、放課後、かなり遅くまで残っている者が多くなった。

私は、何にもかかわらず、そうかといって、受験を意識しているわけでもなく、ただ、日を暮らしていた。

図書館に入り浸り、興にまかせて、本を読んだ。強いられてする勉強は、もう、する気になれないことは、確かだった。

あの暑いさなか、街を歩き続けたエネルギーが、こんどは知りたい思いの好奇心となった。

朝が、私の原点だった。

ある朝、今にも降り出しそうな曇り空の下、どこからか、香りが漂ってきた。ゆっくりと小道を歩く。ポニー先生は、きょうは、はるか前を足早に歩いている。

香りはだんだん強くなり、ふと、あたりを見回すと、木犀が一斉に小さな花を開いていた。暗い緑の葉の重なりの中に、みかん色の点々が見える。甘ずっぱい香りを深く吸いこんだ。

ここで、いつも彼とすれ違うのに、きょうはいない。

私のちょっとした気のゆるみが、見失ってしまったのかと、あわてて後を振り返ったが、朝の街は静まり返っているだけだった。前には、あの先生が、乱れない歩調で、真っ直ぐに歩いている。

夜来の雨があがって、澄んだ秋空になった。私は彼を待ったが、現れない。

翌日もすがたがなかった。木犀は、匂い続けているのに、軽い恨みが私にとりついた。

――違う道を通ったのかもしれない。

——時間が変わったのだろうな。

——出張かもしれない、病気になったのかしら、などと 想像しては苦しくなった。

彼は、一体、誰なのだろう。どこかで、見たことがあるというのに、憶い出せず、目の前をいったりきたり。

話をしたわけでなし、ただ、あの一瞬を共有しているだけの人だと自分に言いきかせた。それでも、私は、朝の「日課」は守った。

もしかしたら、というかすかな期待をもって、大通りから小道へ曲がった。

風のない、秋空の下、木犀の香りは幾日も続いた。散ってしまわないうちに、どうしても会いたいと祈っていたが、聞き届けられなかった。

ある日、学校は一人の俳優の死でもちきりだった。

「あの辺に住んでいたのよ」と、物知り顔で校門の少し先を指さす子もいた。

ジョギングをしていたんですって、体育のトレーニングのとき、駈けているのを見たことがあると、一人が言い出し、あたしを見た、かっこよかったのに……などと、休み時間は大変だった。

最近の彼の出演作品などにも話がはずんで、若い教師も夢中になってしゃべっていた。

その俳優は、高いビルから飛び下り、プールサイドの端に落ちたのだそうだ。

あの人は、もしかして、その俳優ではないのか。私は、突然、ジョギングということばに、胸を衝かれた。似ている。何もかも。私は、このあと、全身、耳になって聞き歩いた。

ちょっと前に見たわよ。

テレビにも、ゲーム番組にも出ていた。

乱れてなんかいなかったのに……

三組のC子は、興奮して泣いたんだって……。

現場に出かけた子もいたようで、ミス・ポニーが、かんかんになって怒っているそうな。

私は、混乱してしまい、どうしても、あの朝の青年の像と重ならないのだ。

私も、学校を抜け出した。


学校は、今、俳優の自殺による旋風で、落ち着けない毎日となった。疲れがこむ。

生徒が騒いだのは、単なるファン気質だろうか。絶好調の中での突然の自殺が刺激的なのだろうか。


夕方、学校を抜け出した生徒の家へ電話を入れ、注意する。K子も。

まさか、彼女も、あの俳優に夢中だったわけではないだろうが。


テレビのワイド番組が、早くも自殺の原因をめぐって討論していた。

夜は、どこかのチャンネルで、その俳優のことが採り上げられていた。

目下、売り出し中の若手劇作家の話題作が、彼の追悼番組として再放映された。

私は、しっかりと見た。

我儘放題の売れっ子俳優が、下っ端の大部屋役者に、自分の女を押し付けたり、無理難題を云う役どころであった。

劇中劇では、新撰組の壮士となり、なかなか、かっこよかった。

だが、役の中で、彼は勝手極まりないのに、さびしげなのだ。捨てた女が、神様のような男と一緒になっているのを、羨ましそうにみている。演出家がそのように、指示したともみえなくはないが、死んでしまった今、テレビの中の彼には、ひとりのさびしさ、死の影がまとわりついているように見える。

かっこよいすがたが、涙でかすんだ。

メイクされた顔は違うよ、と言っている風でもあるが、こちらをきっと見据えた目は、あっ、朝の人だ。

テレビの前を立って、洗面所に入り、蛇口をいっぱいに開けて、私は泣いた。

どうして、俳優が朝早く、背広を着て、ネクタイを締め、駈けているのだろう。

絶対に違う。

朝の人、あの俳優とは違うのだ。

明日の朝、すべてがわかる。眠ってしまえば、朝は自然に早く来るのだからと、私は無理にも寝た。

大通りから曲がるとき、勇気がいった。

もし、きょう出会えなかったとしたら……と思うと辛い。

道の奥に、しかし、黒い点はなかった。朝のあの人は、もう、この世にいないのだ。

いつもの地点で、ほんの少し足をとめ、この事実を胸に刻んだ。

木犀の花はついに散りはじめ、みかん色の小さな点が集って、木の下に輪を作っていた。

私は、このまま、学校へ行かずに消えてしまおうと思い、後向きになった途端、ミス・

ポニーが立っていた。

あの子は、どうしたのだ。一度、振り向いた顔を前に向けて勢いつけて駈けていった。

また、学校へ来なくなるかもしれない。しばらく、この道をこの時刻に通ることにしよう。

私は授業中に」、ノートを破って、あとからあとから湧いてくることばを片端から遊びのように書きつけた。

私を知っている？　知らない？
そうでしょう。知っていたんでしょ。
でなかったら、おんなじ時刻に通りはしない。
私をみつめていたんですって……。
誰が言ったの。どうか答えてください。
どこかに、行っているだけでしょう……。
誰も、私たちのこと知らないのよ。

二、三日絶ってから、週刊誌が一斉に書き出した。

もう、何年も前から、ノイローゼ気味で、朝のジョギングにより心身を鍛えていたのだとか、盆栽が好きだったとか、初老の人の養子になっていたとか……しあわせでない少年時代や、上京後の様々な仕事のことなど、こと細かに調べられていた。

次から次へと書き立てられ、世間の目にさらされ、あらわにされて哀れであった。

私は、学校に行くことにした。

何故なら、どうしても重ならない二つの像は、ほんとうに一つなのか、知りたかった。

長い出張から、戻ったかもしれないと思うことで、私は毎朝、地下鉄から這い出て来た。

朝の人を待ちのぞみながらも、夜の番組の話題の主が気になっていた。

友だちから仕入れた情報は結構あった。

女学生には、この俳優は不可解な存在なのだ。いつも男の子を求めている同級生にしても、この手の単純でない男は、対象外というわけで、声をひそめて口にするだけになった。

朝、あそこで、私とみつめ合い、私に働きかけた目は誰のものなのか。

あの人が、向うからやって来さえすれば、私の中の霧は晴れるものを。

どこかにいるあの人は、朝の街に現われなかった。

ああ、あの人は、やっぱり、俳優だったのか。

色づき初めた木々の向うで、秋が静かに深まっていた。

高く、どこまでも澄みきった空は、答えてなんかくれやしない。

どうして、自分の人生に自分でおとしまえをつけたのですか。

あの朝の街を、さわやかに駆け抜けていったすがたは、なんだったのですか。

毎朝、決った時刻に、空間をよぎる一つの像は、あんなに自然にみえたのに、演技だったのですか。

じっと、みつめた目は、死の世界へフライングしようとは、とても、見えなかった。

秋の朝、あなたは、通り抜けるだけで、強い生の匂いをあたりに漂わせていた。

今、あなたは　いない。

信じられないことだけれど、あなたが俳優だったとして、あの、かっこよい役は、きらいだったのではありませんか。

女を押しつけられる役の方がやりたかった。少し間が抜けていたとしても、この人に寄り添う女の人のしあわせそうな顔をみれば、何で、あこがれないわけがありましょう。

でも、あなたには、素敵な役が待っていた。

それは、仮面。

仮面をはぐ、魔の手によって、裸にされた一人の人間。

これが　ほんもの？

いいえ、これも　うそ。


ほんとうのことって誰も知りはしない。

自分だってわからなかったかもしれないのです。

だから、朝の街から、高いビルへと駆け上がってしまったのではありませんか。

たしかなことが一つあります。

あなたが私に向けたまなざし一つ――私への交信は、私のよろこびとなったのです。

あなたに会えたことで、私は生きかえったのです。

私は生きた男の人に会えたと思っています。

私が長い間、求めていたものは、今、手にすることもできないのに、私の中に在るのです。

あなたは、考えもしなかったでしょうけれど、この世にいないあなたが、一人の少女の心の中に、確かな位置を占めているのです。

クラスの中では、時々、あの俳優のことが話題になった。だが、私は何も言わなかった。学校では、何かの折、女どうしが放出する熱気が集って上層に舞い上がり、収拾がつかないことがあった。

　あの転校生も、すっかり学校に馴れ、授業もきちんと受けているのでほっとしている。

　この頃、何だか、調子が出ないのだ。気にかかることが、無くなってしまったからだろうか。

　膚寒い日、学校への道をいそいだ。桜の落葉が、鮮やかな色のまま、道にあった。風の一吹きが散らせたのだ。葉を落とした枝の先には、小さな芽がしっかりとついていた。

（了）

（1983）

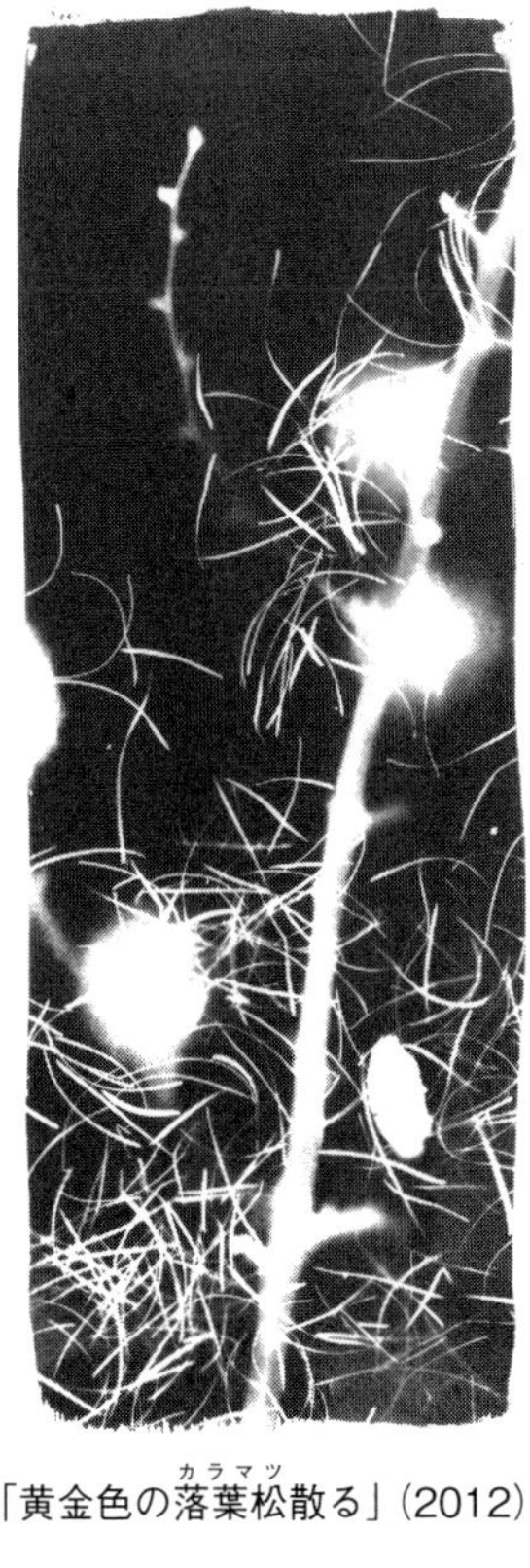

「黄金色の落葉松《カラマツ》散る」（2012）

シェア・カー

いつもの定時に、駐車場の指定の場所へ、車を停めた。ドアを開けて、空を見上げた。

雲一つない秋空が、林立するビルの間に広がっていた。

足音がして、人の気配を感じた。車にぴったりと、女が立っていた。

閉めようとするドアに手をかけ、女が言った。

「お願いがあります」

明るい、ふくらみのある声であった。もう一度、聞いてみたいと、瞬時に思った。

「そのお車は、おつとめを終えるまで、ここにお預けになるのでしょう?」

失礼な質問に、怒りをあらわにした口調で応えた。

「何か、御用ですか」

「それでしたら、お預けになっている間、お貸しいただけませんか」

「えっ、何だって!」

「つまり、こういうことです。

私は、これから、幕張までつとめに行くところです」

ちょっと途切れてから、続いた。

「このお車をお借りして、つとめに行き、夕方、あなたの退社時までに、ここにお返しに来ます」

言っていることはわかったが、――何を馬鹿な、と呆れ顔で、女を上から下まで一瞥した。

「保証といったら、変でしょうが、五十万円これをお預けします」

どうやら朝から狐が、ここ築地裏に出没しているのでは、と思ったが、淀みのない女の口説に聞きほれているうちに、気持がだんだん傾いて来た。

ウイと言ったわけではないのに、借りることを前提とした話に引きずりこまれ、鍵を渡した。

見られることへの抵抗があって、――面倒でも、しまうか、と思うや、ちらっとみた女は言った。

「車の――動く機能を借りるのです」ということで、早くも鍵を差しこみ、起動させた。

「六時でよろしいですか」

いつもは、五時の退社を待って、すぐに駆けつけるのだから、悠々、五時半がベターなのに、女に先手をとられ、これもまた、決ってしまった。

誰かに見られなかった、などと一瞬、気にしつつ、駐車場をあとにし、ビルに入っていった。

その日は、落ち着けない一日となった。

朝のことは、夢のように思えて、昼休みにわざわざ、出向いて、見に行ったりした。

午後は、五時に引けて、ゆっくりと駐車場に向かい、遠くに立って、車の入ってくるのを見ることにした。

街のざわめきが、夜型にとって代わり、夕闇の中に、ネオンがまたたきはじめた。

六時きっかり、車がすべりこんで来た。女は定位置に停車させ、ドアを開けて、片脚をおろそうとして、あたりを見た。

そこに、男が、駈け寄って、ほっとしたかのように息をついた。

女は、鍵をすばやく抜くと、男の手の平に乗せた。ぬくもりのある鍵が残された。

心地よい香が、軽いめまいを呼んだ。

何か、耳元でささやかれたようにも思えたが、聞きとれなかった。


一日働いた疲れに、わけのわからない疲れが加わって、このまま、家へは帰れないような気がして、車を置いて街へ飲みに行った。

その夜は深酔いし、車の運転は不可能となり、何年もしたこともない、タクシーによるご帰還となった。寝不足のまま、翌日は、ラッシュの出勤と相なった。


あの駐車場が問題なのだ。どこかに変えてしまおうか、などと考えて、はたと思い出した。

車の中に、五十万円入りの茶封筒があるのだ。

あの日、女が車を返したときのことが、今不意に、鮮やかに浮かんだ。

「お待ちになりまして？

お約束どおりですが……」

「はあ、ちょっと心配だったもんですから」

「ご心配に及びません。

運転歴、十年、事故歴なし、です」

「では、お返ししました」

「あの、預ったお金はどうします？」

「ああ、そうです。

来週のきょうも、同じ時間に拝借できませんか。全く、同じ条件でお返しできます。

お金は、もう少しそのまま、預っていてください。

ガソリン代も精算しないといけませんから。

ありがとうございました」

女の勝手なとりきめを聞いていたのだ。

たしかに、あそこにお金は置いてきたのだ。

あっけにとられているうちに、

「失礼します」と、軽やかな足音とともに、去った……のだ。

冴えない一週間を過ごした。

木曜日の朝、家を出るとき、

——きょうは、あの女が、車を借りに来る日だ、と思うと、郊外から、高速への乗り入れも、わけもなく緊張した。渋滞したら、

——彼女に、待たせることになりはしないか、などと考えている自分に、うんざりもしていた。

この日、予定どおり、都心の駐車場に五分前に着いた。呼吸をととのえて、時計をみる間もなく、女がやって来た。

「おはようございます」

きょうは、

——洒落た服を着ているな、と余裕をもって眺めた。

「予定どおり、お借りしますわ。変わりありませんね。」

「そうそう、あなた、先週の木曜日の夜、車でお帰りにならなかったんじゃありません」

「どうして、知っているのです」

「あらっ、申し上げませんでした。この近くに住んでいます。部屋の窓から、ここが見えますの。

あゝ、お話している時間がありません。出掛けます」

こちらの説明も聞かばこそ、一人合点し、車を発進させ、高速道路に入ってしまった。男は、かすかなガソリンの匂いの中に、取り残されていた。

きょう、引きとるときは、こちらが攻勢に出ようと、男は決めた。

夕方、くもり空が怪しい雰囲気になって、雨が落ちてきた。

六時、車は入って来た。まるで、どこかで微調整しているかのようだった。

傘を開いて、車に近づくと、窓が開いた。

「もう少し続けてくださると有り難いんですが……。お礼の方は、まとめてします。あなたにとっても、うまい話にならないといけませんわね。先日の保証金とは違いますわ。

ガソリン代は別口で受け持ちます」

切れめなく話しながら、傘の中に入って来た。勢いこんで、質問を浴びせようと待ちかまえていた男は、出鼻をくじかれた。

「では、……」

女は傘をドアに寄せて、男を車の中へとすべりこませた。

「あの、来週も木曜ですか」

ただ一つ、対話らしく迫れたのは、何と向うへのサービスのことばだった。

「え丶、お願いできまして？」

「…………」

「さようなら」

男が、車を発進、下りの路線の合流に向かって行くのを、駐車場で見送った。

雨足は強くなってきた。女は、男の傘を両手でかかえるようにして、歩き出した。

三回めの木曜日の朝、
男は考えた。

——きょうは、わざと遅れて行こう。

そうでもしなかったら、俺って何なのだ。

と、思い立ち、ほんの少し遅く、家を出た。

——それでも、悪いな。相手にあいそを尽かせてしまわないか。

いつも時間を気にしているのだから、仕事に差し支えるのではないか、などと考えている自分は、一体何なのだ。

五分ほど遅れて着いた。女はいなかった。

——待たせなかったんだ。なーんだ。

気抜けしたまゝ、ドアを開けようとすると、ぴたっと身にはりついた、パンツ・スーツが寄って来た。

遅れたことを、まるで意識していないように手を出し、鍵を受け取った。

エンジンの音の中で、開けた窓から、少し首を出し、

「帰り、五分、遅れます」

と、言った。

あっけにとられているうちに、車は早くも走り出した。

——呆れて、ものが言えない、
なんて、心のうちで思ってみても、ものが言えなくては話にならない。

今夜こそ、この関係はご破算にしようと、決めてはみたものの、午後は午後で、時間まで気もそぞろであった。

ジャスト・タイム、五時に社を出た。

全体を見渡せる、片隅に立った。

六時に車は入って来たが、女は出て来ない。

すぐに、あそこへいって、引き取ってやろうと、一歩、踏みだしたとたん、女が手招きした。

車から立ち上がりながら

「ありがとうございました」

と、のたもうた。

向うからは、何も言わない。言わない以上、来週のことはなかったと同じ。これで縁切りだと割り切って、鍵を受けとろうとした、途端、

「これからは、毎日、お借りできないでしょうか。

私も慣れましたし……。ちょっと考えたんですけど、毎日になれば、駐車場で、車をやりとりする必要はなくなりますでしょう。

ここの駐車場代、浮きますわ」

——何だか、それもいいな

と、心の中に、遊び心が小さな芽を吹いた。

しかし、現実に引き戻され、

——ここで、ウイと言っては駄目だ。呆れた顔をして、無言でいよう。

勝手にしゃべらせておくと……。

ボロが出て、何かが出てくるかもしれない。

女は、こちらの返事を待っていた。

目はいたずらっぽく動いていたが、言葉は発しなかった。

「ようやっと、確保したんですよ。その権利をむざむざ、放棄しまうなんて、出来ないに決ってます。

それに、生身の人間です。どちらかが病気になってしまったとき、どうするんです。

無人で車は走ってこられない。

もっとも、リモコン車にすれば、別でしょうがね。」

守りの態勢になって、雄弁になった。

「渋滞のときは、どうするのです。馬鹿みたいに待ってるんですか、遅刻になってしまうでしょうが」

「いいえ、あなたは遅刻になりませんわ。

私が困るだけです。でも、夕方のときは、帰宅の時間が乱れてしまいますのね。

〝携帯〟で連絡すればよろしいのでは」

小道具が出てきた。もう、すっかり、この駐車場をなしにしたかのようだった。

「都心の駐車場は、ステータスなんです」

「車のバトンタッチが、うまくゆくようになっても、ですか。この駐車場を　とっておくのですか」

「権利は、それを得るために払った代価があるのですよ。そんなに簡単にホイホイと捨てられませんよ」

「今、使わないものなら、欲しい人に譲った方が、有効なんじゃありません」

意地になって、手放すものかと思った。その意志が、どこから表現されたのだろうか。

「では、昼休みに、ここで太極拳をなされば
いいわ」

と、女は言い、とどのつまり、車の受け渡しの場として確保されることになったのだ。

ちょうど、五分が経とうとしていた。

女は、車から離れた。

渡された鍵は、いい匂いがした。女の手の中にあったからだ。

とりあえず、自分は発車する。ペンディングにしようと、ふかしを入れた。

女は窓に顔をすり寄せて、

「じゃ、あした」

と言った。

その夜、女の本意は何なのか、はかりかねて寝つけなかった。

俺への興味か、俺への攻略なのか、いや、単なる、車の有効利用さ、などと考えているうちに、眠りにおちた。

朝が来た。

いつもより早く家を出た。快調なすべり出しで、都心まで来た。

太陽がまぶしい。空にはいつのまにか、秋の気配が漂っていた。

駐車場わきのいちょうが、黄に染まりはじめていた。

女はいた。やさしげな風情で近づいて来て、

「希望を、お聞き届けくださるのでしょう」

と言った。

「…………」

男の無言は、何を意味していたのか。

「一週間、とりあえず、やってみません?」

受け入れられたのだと思い込んだま、、

「このスペースは空いていてもったいけど、秋の陽をいっぱい浴びさせてやって……」

と、言って両手を宙に広げた。

朝の斜光を受けて、女の影がくっきりと刻印された。長い首すじと細い腰が地に在った。

鍵はいつのまにか、男の手を離れていた。

女は、そうしてまた、車上の人となって走り去った。

ある日、突然、女が車ごと消えてしまうのではないかと、不安になることがあった。

しかし、女は、毎日、服装を替えて現われ、目の保養となった。

時刻は、少しも違わず、守られていた。

それでも、

——どうして遅いのだ
と心配になる日があって、それは、男の側に、意識はしてないが、女を待ちかねる気持があるときだった。

お互い、何にも語り合わず、何にも知っていなかった。

しかし、車を通して、二人の職業生活のリズムは保たれていた。

一週間が過ぎた。

——先に切り出すのは、誰なのだ
と、男は第三者のように考えていた。

それでいて、そのときを、楽しみにしている自分を発見して苦笑した。

あの、最初の保証金は、無造作にトレイに放り込まれているが、あれはどうするのだ。

ガソリン代は？　車の維持費は？　と、実務的なことも、営業マンらしく浮かんだ。

女は、大分、遅れてやって来た。

携帯への連絡も入っていない。

——一言、いや、ありったけ　文句を言ってやらねば……気が済まない
と、手ぐすねひいていたが、男は、疲れ切って、うちしおれたような女を前に、言葉は出なかった。

「どうしたんです」

詰問調で聞いたつもりだったが、心配そうに聞いてやっているという風にも聞こえた。

「車が故障しました」

「どこで？

乗って来たんじゃありませんか」

「だまし、だまし、こゝまで来ました。

高速から下りるところでしたから、よかったんです」

「見せて　ごらんなさい」

鍵を取り、エンジンを駈けようとしたが、重い。しかし、かかった。

そのまま、女は続けた。

「休みなく、使ってましたから、疲れたんでしょうか」

「あなた、一日中、乗っていたんですか」

「とんでもございません。

ここから、社まで、一時間もかかりませんわ。ただ、長いこと、(私、知りませんけど)、あなたの車は、朝と帰りの時間だけ、おつとめしていたのに、ここ一か月ほどは、その倍は、走らせられてますものね」

――誰のせいです
思わず、出かかった言葉をのみこんでいると、

「費用は、私が持ちます」

と続けた。

「それは、それとして、第一、あした、ぼくは、どうするのです?

あなたも、困るでしょう?」

ちょっと厭味っぽく言ってみた。

女は
「私、あしたはオフにします。

車は、ここで、どこか修理に出しましょう。

あなたは……」

少し、言いよどんでから、
明るく、恥ずかしそうに
「私の家に、来てください」

と言ったのだ。

エンジンは切った。

男は、駐車場近くの女の家へ行った。

今更、電車に乗れた義理か、と自分を納得

させた。

女の部屋は、淡い黄色で統一されていた。少し、明るすぎて、身をおくのがためらわれるほどだった。

隣りの家の屋根越しに、あの、駐車場が見えた。男の車は、秋の輝く月に照らされ、都心での眠りについていた。

女は、優雅で、心配りもゆき届き、外の世界とは別人のようだった。

その夜、二人は、男と女になった。

二人とも、自分のことは何も語らなかった。

朝、近くのガソリンスタンドへ、車を持っていった。

社には、思いがけず、早めに出勤でき、仕事もうまくはかどった。

夕方、車を引きとりに行き、そのまま、家へ直行しようと思った。

「どこといって、おかしいところ、ありませんでしたがね」という、整備士の言葉が気になって、駐車場へ出向いた。

車を停め、外へ出た。いちょうの葉が風に舞っていた。

彼女が、見ているだろうか、何気なく空を見上げる風にして、目を一点に凝らした。

五分ほどおいて、帰ろうと思ったとき、軽やかな足音が聞えた。カーディガンを羽織った彼女がいた。

「車、直りました?」

「費用は、どの位でしたの?」

「つけですよ」

男は、そっけなく、言い放った。

「あした、大丈夫でしょうか」

「おつとめ、行くのですね」

「休めませんもの」

上品な言い方が、何かおかしく聞えた。

「では　どうぞ」

終わりまで　言いおわらぬうちに、いつ回っていったのか、向うのドアに手を掛け、乗り込んできた。

あしたの車を「どうぞ」と言ったつもりが、彼女は、それがわかっていた上で、招かれた女になっていた。


車は、男の家に向かって、高速を下った。川を渡り、田園都市の緑こい街並を見ながら男の住む団地へ向かった。

エンジンの調子もよく、快適な夜のドライブを楽しんでいる二人、といってよかった。

あの、雑然とした、きたない部屋に、おそれをなすのではないか、ちょっと心配にもなったが、

――見せてやろうじゃないか
と、開き直って、ひとりで笑えてきた。

すべりこんだ駐車場で、まず、隣りの奥さんの不審気な目で迎えられた。

無視して、彼女をうながし四階へと案内した。一日ぶりの室内は、空気の流れがよどみ、すえた匂いがした。

窓を開け放った。彼女は、自分の坐るべき空間をつくり、そこから四方へと手を伸ばし片づけはじめた。

「何もないんだ」

「お茶ぐらい　あるんでしょう?」

「…………」

部屋の片隅に冷蔵庫は置かれていたが、中には、めぼしいものはなかった。

それでも、ワインがあったので、固くなったチーズとフランスパンをかじりながら、夕食とした。

その夜は、静かに過ぎた。

二人とも、別れ難いものを感じた。

夜更け、ベランダに出た。

風に吹き払われて、流れていく雲がみえた。

月がどこかに在るらしい。明るい夜であった。

黙って並んでひとときを過ごした。

あくる朝、

早めに、車を出した。

男は車を走らせながら、隣りの席の女を見た。

前方をしっかりとみていた。美しい横顔であった。何かを考えているようだ。

男は、例の駐車場への降り口をやり過ごし、高速の流れにまかせた。

「あらっ、あなたの会社のところです」

突然、気付いたように言ってから、

「いけませんわ」

と、小さく、つぶやいた。

構わずに運転を続けた。

――この道は、俺だけが知らない。

俺の車は、知ってるというのに。

何たることだ。

「降りる所へ来たら指示してください」

言葉のないまま、川をいくつか渡った。

塩っぽい、湿っぽい空気が身をつつんだ。

「そこで願います」

車は速度をおとした。

検問でお金を払い、言われた場所で停車した。九時きっかりであった。

彼女は、ラフなカーディガンを肩に掛け、サンダルのまま、新しく開けたばかりの街に、今、とけこもうとしていた。

「待っていてくださいますわね」

つられるように、目でうなずいた。

男は会社に電話を掛け、その日を休暇にした。こんな休暇をとったことを、上司が知ったら、呆れ果て、軽蔑し、あるいは、くびにされるかもしれないと、一瞬、不安がよぎったが、それも、おもしろいか、と思った。

「五時までよ」

耳元の彼女の声は、心まで真っ直ぐに届いた。長い一日を、見知らぬ街で、何の拘束もなく、過ごせるのだ。

全くの自由だった。

男が何ものなのか、誰も知らない。

いや、この、俺の車だけが知っている。

しかも、お前は、ここのところずっと、一日中、ここで過ごしているのだから、俺よりこの街は詳しいのだ。

——誰にも、しゃべるでないぞ
ドアを強く閉めながら、言い聞かせた。

未来都市風の街は、明るく、無駄がなく、どこにいても、落ち着けなかった。竣工を終えたばかりの洒落た建物があった。裏にまわると、工事現場そのままに、うち捨てられていて、雑然としていた。半端な建材の間に、秋の草ぐさが、顔を出し、精一ぱい、稔りの支度をしていた。赤まんまが目に入った。

表も、裏も、歩きまわり、時折、お茶を飲み、日がな一日を過ごした。

こうした空白の時間が、軽くなった心や、身体に、しあわせな気分をふりまいていた。

五時がきて、彼女が、手を振りながら近づいて来るのが見えたとき、何かが始まる予感がした。

えのころ草で、彼女のほおをじゃらした。

こうして、二人は出会った。

それぞれの住まいをそのままに、新しいかたちの共生をはじめた。

車は、二人の間をいったり、きたり、二人の仲をとりもつ大事な証人であった。

いちょうは、すっかり葉を落とし、初冬の空に向かって、しっかりと立っていた。

駐車場の契約は解いた。

だから、彼女の部屋で夜を過ごすときは、困った。時間単位のパーキング探しに、二人は街なかを歩くのだった。

二人の仲が、他人に知られるようになったとき、

「どこで、お知り合いになりましたの」

と、聞かれるたびに、二人はただ笑っているだけで、いきさつを語らなかった。

そのことを決めたわけではなかったが、二人しか知らない秘密は、深く心の奥にしまっておくことで、共有のよろこびとなり、それぞれに思い出しては胸を熱くしていた。

男に転勤の話がおこったとき、終わりの季節がやって来たようにみえた。
だが、二人は、季節のめぐりの中で、智恵を見せ、自然につづけた。
（了）

「よひらの花」（額あじさい　2010）

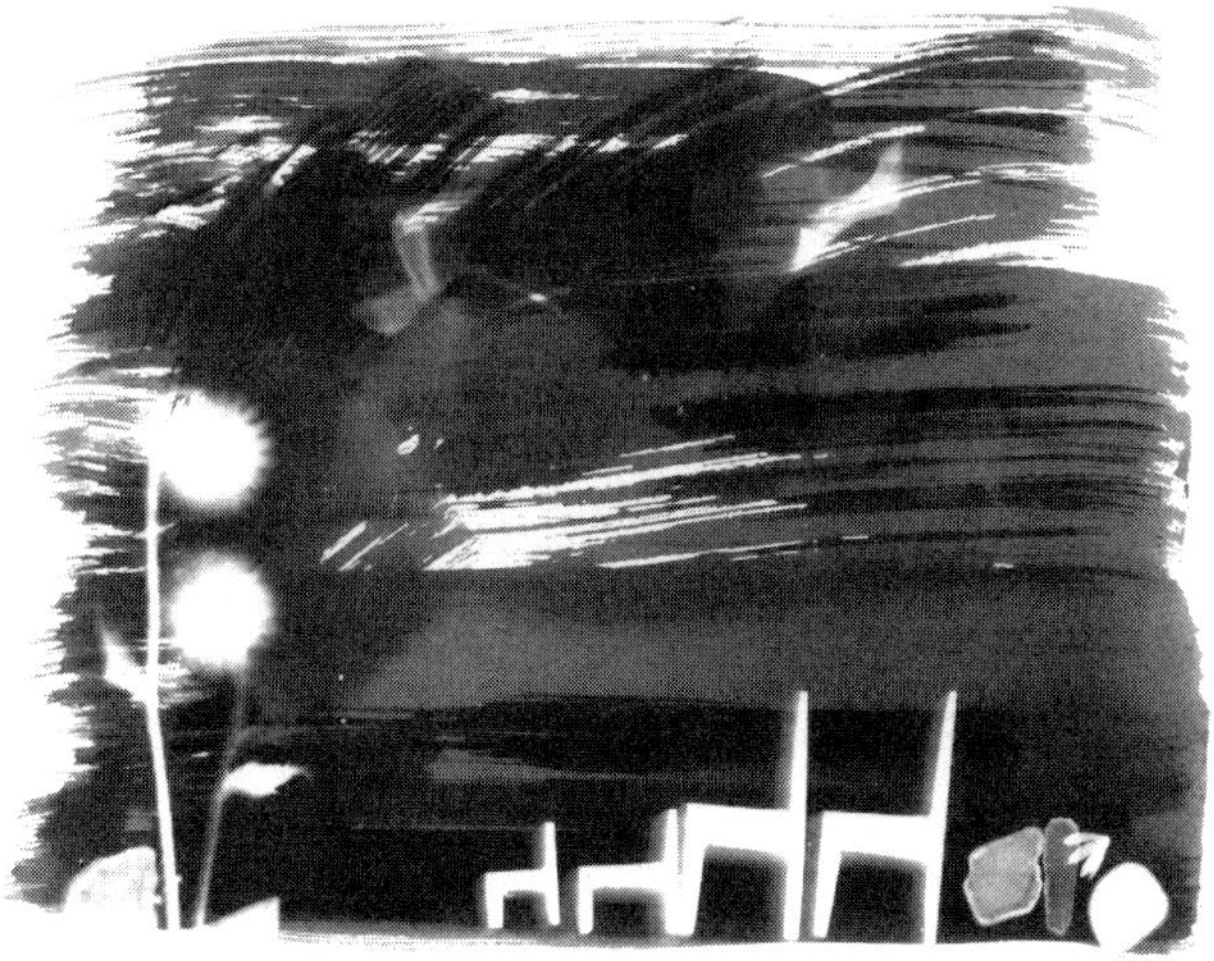

「ツナミ」（2013）

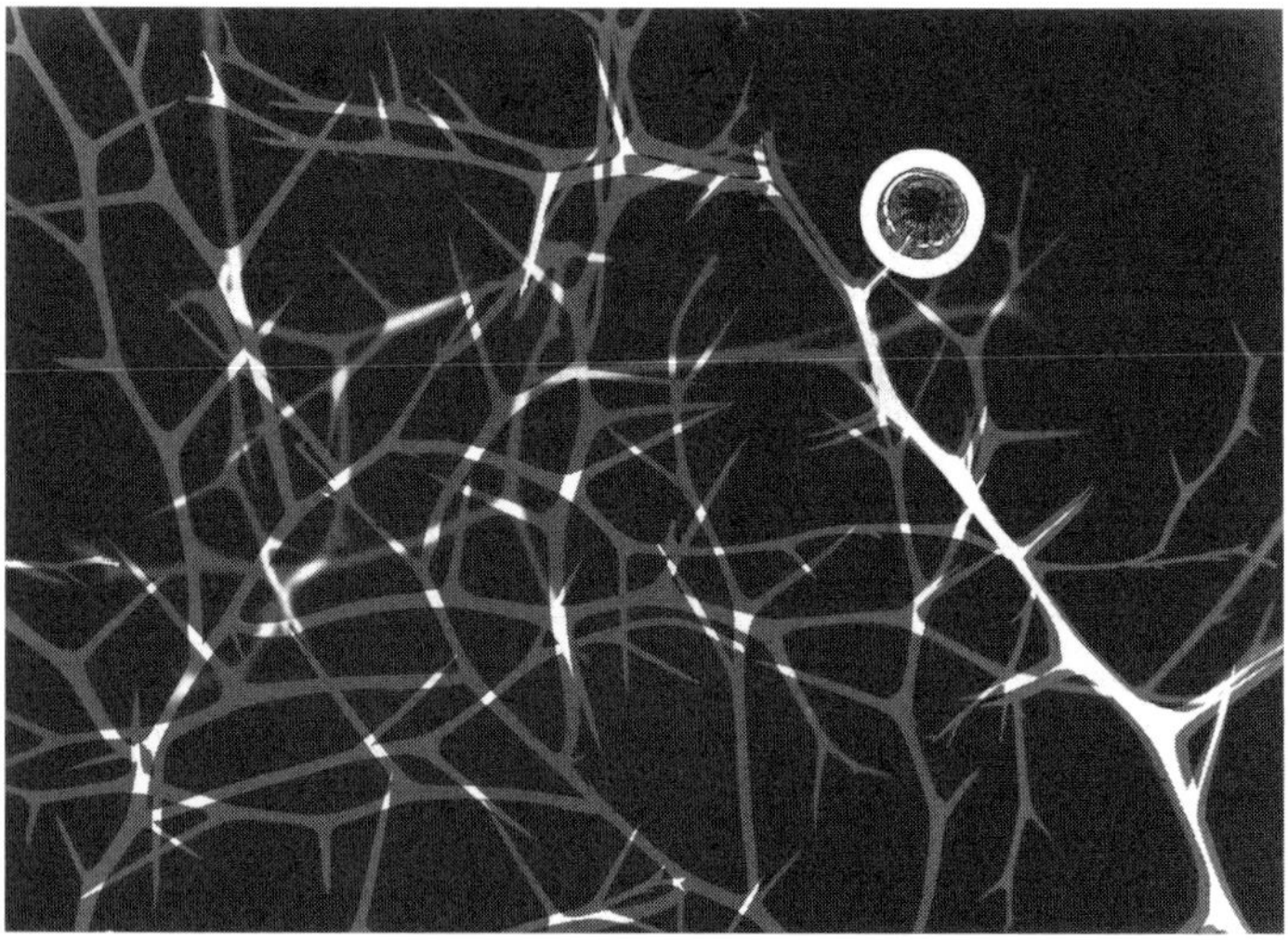

「冬」（カラタチ　1993）

父は、言葉を失ったまま
三〇年近くを生き、一九九一年に
亡くなった。
「からたちの花」の歌だけは
声を出してうたえた。

「藤」（フジ　1997）

日本の固有種。
冬であった。ある晩、寝ていると
顔に小さな固いものがピシッとあたった。
翌朝、寝床のわきに、ボタンのような
一センチ大の薄い平らなものが
二つ三つ落ちていた。
よく見ると、少しへこんだ先端に、かすかな
ヒゲのようなものが出ていて、種子だと分かる。
数日後、箪笥のわきに、よじれた莢（さや）を
見つけた。一つ残った種子が付いていた。
母がいつか、採りこんでおいたものらしい。
はじけて、天井にあたり、私の頬を打ったのだ。
これは、藤の豆の、存在の証明。
私には亡き母の檄のように見えて、
ボタン種子を大切にしまった。
寺田寅彦の随筆はまだ読んでいなかった。

Kiyoko.H

飛翔

〈姥百合（ウバユリ）の蒴果《さくか》〉

この花の名に出会って、「ウバユリとは、そも何ぞ」と思ったのが始まりです。「葉が終わってから花が咲く。ハがないのは、ウバ」というわけで、牧野先生が命名されたとのこと。何と憎い名付けかなと思いつつ、現物さがしがはじまりました。街の花屋さんに聞いても、手ごたえなし。箱根のラリック美術館に出向いたおり、『シーボルトの「和の花」』図録の中にウバユリの図が載っていたのです。外国向けの販売カタログからの転用でした。葉はちゃんとついていました。

本物に出会いたいと思っていた矢先、この花の名が、私の出身地、埼玉県戸田市の市史に、美女木八幡社の天然記念物と書かれているのを見つけました。2012年、元勤務先の中学校の同窓会で話してみると、しばらくして卒業生の一人から、同種の北海道のオオウバユリが宅配便で届きました。同じ頃、15年来の友人から、八王子の都立小宮公園にウバユリの群生があるとの情報を得ました。花の開花時を待って早速出かけました。さらに昨秋、公園事務所に頃合いを伺ってから、再度出かけました。それがこの作品です。（2012）

ひとこと

「街」は私のパサージュ。
街角に立ち、目をこらし、一息ついて
歩いています。

＊

日々の生活の中で、ゆきあい、出会ったことのあれこれを
ことばでスケッチしました。

＊

後半には、ファンタジーのような
作品を載せました。

＊

また、二十年ほど前からはじめた、
フォトグラムの技法での作品を添えてみました。

書き流した「スケッチ」をワープロで原稿に仕立ててくださった、
市川寿雄さんに感謝しております。

二〇一四・一一・一一

橋本きよ子

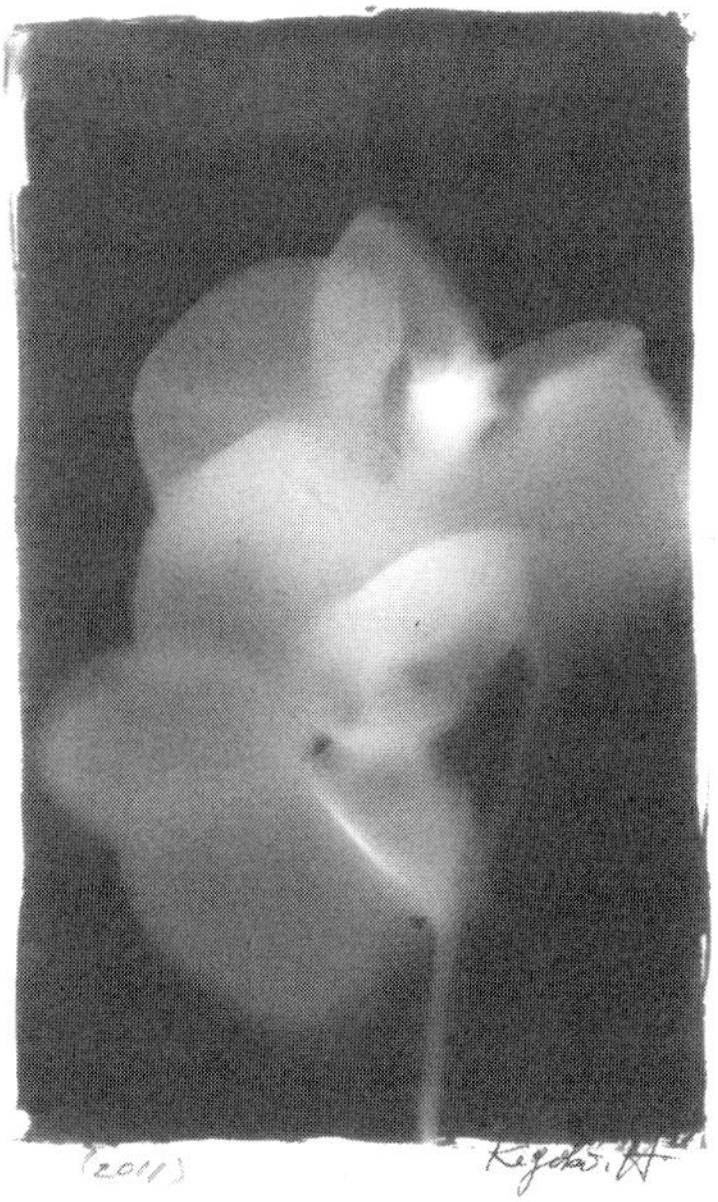

●著者紹介

橋本きよ子（はしもと きよこ）

1935年生まれ。東京都出身。

出版社で絵本の編集に携わった後、96年まで34年間教職に就く。フォトグラムに出会い、1993年より個展・展覧会などで作品を発表。

2004年より1年おきにポートレートギャラリーにてプラチナプリントによるフォトグラム作品を発表。

竹橋事件の会会員

＊著書
『光から影へ――フォトファンタジィ』（東京書籍、1995）
『光透かして……花のフォトグラム』（本の泉社、2002）
『どんでん返し。』（本の泉社、2014）

＊論考
「竹橋事件の謎――岡本柳之助の周辺を探る」（季論21、2010・秋号）
「戦時下を生きた青春の残像――伊藤隆文のこと」（季論21、2014・春号）

街角のスケッチ
――橋本きよ子作品集

2014年11月11日　初版第1刷発行
著　者　橋本きよ子
発行者　比留川　洋
株式会社　本の泉社
〒113-0033　東京都文京区本郷2-25-6
電話（03）5800-8494　FAX（03）5800-5353
印　刷　音羽印刷株式会社
製　本　株式会社　村上製本所
ISBN978-4-7807-1194-3　C0095